Honigkuckuckskinder

Andreas Steinhöfel wurde 1962 in Battenberg geboren, arbeitet als Übersetzer und Rezensent und schreibt Drehbücher – vor allem aber ist er Autor zahlreicher, vielfach preisgekrönter Kinder- und Jugendbücher, wie z.B. »Die Mitte der Welt«. Für »Rico, Oskar und die Tieferschatten« erhielt er u.a. den Deutschen Jugendliteraturpreis. 2009 hat Andreas Steinhöfel den Erich-Kästner-Preis für Literatur verliehen bekommen, 2013 wurde er mit dem Sonderpreis des Deutschen Jugendliteraturpreises für sein Gesamtwerk ausgezeichnet und 2017 folgte der James-Krüss-Preis. Andreas Steinhöfel ist als erster Kinder- und Jugendbuchautor Mitglied der Deutschen Akademie für Sprache und Dichtung.

Andreas Steinhöfel

Honigkuckuckskinder

Außerdem von Andreas Steinhöfel im CARLSEN-Verlag:
Rico, Oskar und das Vomhimmelhoch
Rico, Oskar und die Tieferschatten
Rico, Oskar und das Herzgebreche
Rico, Oskar und der Diebstahlstein
Dirk und ich
Froschmaul – Geschichten
Anders
Die Mitte der Welt
Der mechanische Prinz
Defender
Es ist ein Elch entsprungen
u.v.m.

Dieses Buch entstand in Anlehnung an das Originaldrehbuch
für den Spielfilm »Die Honigkuckuckskinder« von Willy Brunner,
Wilma Horne, Mirjam Pressler und Erika Schmidt.
Regie: Willy Brunner

Die DVD »Die Honigkuckuckskinder« ist zu beziehen über
FWU Institut für Film und Bild
Bavariafilmplatz 3
82031 Grünwald
Tel. 089/6497-1
oder www.honigkuckuckskinder.de

MIX
Papier aus verantwor-
tungsvollen Quellen
FSC® C083411

Veröffentlicht im Carlsen Verlag
November 2018
Originalcopyright © 1996 dtv Verlagsgesellschaft mbH & Co. KG, München
Umschlaggestaltung: formlabor
Corporate Design Taschenbuch: bell étage
ISBN 978-3-551-31780-3

1. Kapitel

Der Sozialarbeiter hieß Wichert, und er war Lena auf Anhieb sympathisch gewesen. Das Erste, was ihr an ihm aufgefallen war, als sie und ihre Mutter vor einer halben Stunde sein nüchtern eingerichtetes Amtszimmer betreten hatten, waren die unzähligen Lachfältchen, die seine blauen Augen umkränzten. Sie machten daraus zwei kleine, strahlende Sonnen.

Von ihrem Platz auf dem wenig gemütlichen Sessel in der Ecke beobachtete sie, wie Wichert etwas auf ein Stück Papier kritzelte. Wie alt mochte der Mann sein? Nicht so alt wie Mama, aber auch nicht viel jünger.

Er schob den Zettel über den Schreibtisch. »Es ist nicht gerade das, was man als erste Adresse bezeichnen würde. Aber vorläufig das Einzige, was ich Ihnen zur Verfügung stellen kann.«

Ihre Mutter würdigte das Papier keines Blickes. So wie sie sich auch seit einer halben Stunde bemühte, die Akte nicht zu bemerken, die aufgeschlagen vor Wichert lag. »Ich brauche keine Almosen.«

»Wir verteilen hier keine Almosen, Frau Behrend.« Wichert beugte sich vor und legte, wie um seinen Worten mehr Gewicht zu verleihen, die Ellbogen auf die Schreibtischplatte. »Wir sorgen lediglich dafür, dass Sie und Ihre Tochter aufgrund einer unverschuldeten Notlage nicht dazu gezwungen sind, auf der Straße zu sitzen.«

»Was doch wohl bedeutet —«

»Was bedeutet«, unterbrach Wichert, »dass wir Ihnen zu Ihrem Recht verhelfen, nicht mehr und nicht weniger.«

»Mein Recht?«, rief ihre Mutter ungehalten. »Was wissen denn Sie vom Recht? Wo war mein Recht, als ich die Schulden meines Mannes übernehmen musste, nachdem er sich aus dem Staub gemacht hat? Wo war mein Recht, als unser Vermieter uns vor die Tür gesetzt hat?«

»Ich mache die Gesetze nicht.«

»Nein, Sie führen sie nur aus! Hangeln sich von Erlass A über Paragraf B zu Absatz C, und wenn Sie dort angekommen sind, werden wir abgehakt!«

»Niemand wird abgehakt.« Wichert lehnte sich zurück. Er verschränkte die Arme, seine ganze Haltung drückte Abwehr aus. Mama hatte keine guten Karten. »Frau Behrend, Sie helfen weder sich selbst noch Ihrer Tochter weiter, indem Sie alles negativ sehen und mit dem Schicksal hadern! Sie sind nicht der erste Mensch, dem so etwas passiert.«

»Nein. Ich bin nicht der erste Mensch, der seine Würde verliert. Aber Sie«, ein Finger schoss auf Wichert zu, »sind bestimmt der Letzte, von dem ich sie mir nehmen lasse!«

»Würde hat man, oder man hat sie nicht, Frau Behrend.

Ich sehe nichts Verwerfliches darin, arm zu sein. Im Gegensatz zu Ihnen. Sie graben sich mit Ihrer Haltung selbst das Wasser ab.«

Entweder, dachte Lena, *sie klinkt jetzt völlig aus, oder sie hält endlich die Klappe und gibt klein bei.* Warum schnappte Mama sich nicht einfach die Adresse, damit sie endlich aus diesem langweiligen Amt verschwinden konnten? Warum befolgte sie nicht einfach Wicherts Rat und versuchte, das Beste aus ihrer Lage zu machen?

Ihre Mutter schürzte die Lippen und überlegte eine Weile. Schließlich ergriff sie das Papier. »Hotel Paradies?«, sagte sie nach einem kurzen Blick darauf. »*Paradies*? Machen Sie Witze?«

»Keineswegs.«

»Wer wohnt da sonst noch? Noch mehr … *Sozialfälle*?«

»Weitere Wohnungslose, das ist richtig«, bestätigte Wichert. Er klang leicht verärgert. »Außerdem Asylbewerber. Eigentlich fast ausschließlich.«

Lena verdrehte die Augen. Das war's. Damit war der Tag gelaufen. Sie kannte ihre Mutter. Auf *Sozialfälle* folgten in der Reihe aller denkbaren Schrecken nur noch *Ausländer*. Falls danach noch etwas Schlimmeres kam, war es mit Sicherheit nichts Menschliches. Insekten vielleicht. Kakerlaken.

»Asylanten?«, brauste ihre Mutter auf. »Sie erwarten im Ernst von mir, dass ich mit *Asylanten* zusammenwohne?«

Die Stimme des Sozialarbeiters dröhnte so laut, dass

Lena zusammenzuckte. »Nein, das erwarte ich nicht!« Vom einen auf den anderen Moment hatten die beiden Sonnen sich verdunkelt. »Ich organisiere Ihnen auch gerne einen Platz unter einer der städtischen Brücken, falls Sie es vorziehen, dort ein Zelt aufzuschlagen!«

Ein Wunder, dass er nicht schon viel früher ausgerastet ist, dachte Lena. Seit Wichert damit begonnen hatte, ihnen ihre nicht gerade rosige Lage zu erklären, hatte ihre Mutter sich abwechselnd uneinsichtig oder beleidigt gezeigt. Dabei hatte Wichert recht, er war für ihre Lage nicht verantwortlich. Er war die ganze Zeit nett gewesen, aber Mama hatte ja nichts Besseres zu tun, als sich zu benehmen wie die letzte blöde Kuh.

Der schneidende Ton des Sozialarbeiters hatte seine Wirkung nicht verfehlt. Ihre Mutter schwieg. Ihre schlanken Hände schlossen sich um den Griff ihrer Handtasche, drückten einmal fest zu, zweimal. Schließlich sagte sie knapp: »Nun gut, dann eben dieses Hotel – vorerst!«, betonte sie. »Könnten Sie mir ein Taxi rufen?«

»Können Sie sich«, fragte Wichert langsam zurück, »ein Taxi leisten?«

»Wir nehmen den Bus«, schaltete Lena sich schnell ein. Sie erhob sich aus dem Sessel. »Der 137er fährt nach dort draußen. Und mehr als unsere zwei Koffer haben wir doch nicht.«

»Das scheint Herrn Wichert nicht weiter zu stören«, gab ihre Mutter bitter zurück. »Kommst du?«

In einer einzigen fließenden Bewegung ergriff sie den Zettel mit der Adresse, stopfte ihn achtlos in ihre Handtasche, stand auf und hatte in der nächsten Sekunde den Raum verlassen.

»Tut mir leid, das war keine gute Vorstellung«, wandte Wichert sich an Lena. Er hob die Hände in einer hilflosen Geste. »Aber deine Mutter scheint zu den Menschen zu gehören, mit denen man Klartext reden muss. Das bedeutet nicht, dass ich euch nicht wirklich bedauere.«

»Sie ist sonst nicht so«, erwiderte Lena. »Früher war sie ganz anders, aber seit Papa weg ist und das mit den Schulden rauskam …«

»Ich weiß«, sagte Wichert.

Woher will er das wissen? Sie sah zu Boden, den Blick auf die Spitzen ihrer Turnschuhe gerichtet. *Woher will er das, verdammt noch mal, wissen?* Die Schuhe waren kaum getragen, so gut wie neu. Teuer waren sie gewesen, Markenschuhe, das letzte Geburtstagsgeschenk von Papa. Mit teuer war nun auch Schluss.

»Tust du mir einen Gefallen, Lena?«

Sie sah auf. »Hm?«

»Kümmere dich ein bisschen um deine Mutter, okay? Gib ihr einen Tritt in den Hintern, damit sie sich demnächst ans Arbeitsamt wendet. Wird schwer genug für sie werden, ohne Berufsausbildung und in ihrem Alter einen Job zu finden.«

Lena nickte.

»Und falls du ein Problem hast, falls du Hilfe brauchen solltest – du weißt, wo du mich findest.« Er schien es ehrlich zu meinen. Die beiden blauen Sonnen waren wieder aufgegangen. »Im Übrigen schaue ich bald mal vorbei, um zu sehen, wie es euch da draußen so geht.«

Lena nickte noch einmal. Wichert schloss die schmale Akte, auf der unter einer langen Zahlenreihe in säuberlicher Druckschrift ihr Familienname stand. *Eigentlich müsste man ein Drittel der Akte abreißen und wegwerfen,* dachte Lena. Oder war man auch dann noch eine Familie, wenn der Vater verschwunden war? Die altbekannte Traurigkeit stieg in ihr auf wie Quecksilber in einem Fieberthermometer.

Bloß das nicht!

Entschlossen drehte sie sich um und ging auf die Tür zu. Mehr als laufen, stellte sie fest, konnte man in teuren Turnschuhen auch nicht. Unwillkürlich musste sie grinsen. Eigentlich gab es sowieso keinen Grund für Traurigkeit oder schlechte Laune. Schließlich erwartete sie irgendwo jenseits dieser Tür das Paradies.

★

Efrem war müde, und er fror. Asrat schritt kräftig neben ihm aus, er schien weder Kälte noch Müdigkeit zu spüren. Vielleicht waren es die Wut und die Angst, die ihn so schnell vorantrieben, dass Efrem auf seinen ungleich kürzeren Beinen ihm kaum folgen konnte.

»Asrat, geh langsamer!«

Sein großer Bruder sah nicht zu ihm herab, aber wenigstens verkürzte er seinen Schritt. Die dunklen Augen blieben weiter starr geradeaus gerichtet, dahin, wo der verschlungene, von Weidezäunen gesäumte Feldweg zwischen lichten Bäumen verschwand.

Die Sonne stand hoch, es musste Mittag sein, vielleicht schon früher Nachmittag. Efrem hätte nicht sagen können, wann er zuletzt geschlafen hatte. Oft hatte die Aufregung ihn wach gehalten. Dann wieder hatte er nicht zwischen Tag und Nacht unterscheiden können, weil während der meisten Zeit ihrer langen Reise Dunkelheit geherrscht hatte: im Bauch des Schiffes mit den dröhnenden, stampfenden Motoren; später dann in dem großen Lastwagen, der so beängstigend finster gewesen war, erfüllt von Hitze und dem sauren Schweißgeruch der darin zusammengepferchten Menschen. Diesen Geruch würde Efrem nie vergessen.

Keinen der Gerüche, die ihn auf seiner Reise begleitet hatten, würde er vergessen. Im Geiste sah er sie, abgefüllt in kleine, bunte Flaschen, in einem hohen Regal stehen. Man musste nur nach einer der Flaschen greifen, sie öffnen …

Hier roch es anders. Er sah sich links und rechts des Weges um. Überall wiegten sich Feldblumen im Wind. Auf den angrenzenden Wiesen lag getrocknetes, zu großen Ballen zusammengerolltes Gras. Es verströmte einen Duft, den er bis vor wenigen Stunden nicht gekannt hatte: beinahe muffig, von einer stechenden und dabei dennoch wohltuenden Süße.

»Heu«, hatte der Fahrer des Traktors gesagt, der sie die letzten Kilometer ihrer langen Reise bis zur Grenze gebracht hatte, und Heu war es gewesen, in dem sie sich versteckt hatten, hinten, auf dem Anhänger des Traktors. Ein paar trockene Halme hatten Efrems Nase gekitzelt, und er war stolz darauf, dass er nicht geniest hatte. *Kein Ton!* Das war die Warnung gewesen, die Asrat ihm zu Beginn der Reise eingebläut hatte. *Was auch passiert, verhalte dich still, ganz still!*

»River«, hatte der Mann gesagt, als er sie von dem Anhänger hatte absteigen lassen, und dabei auf den Fluss gezeigt, über dem Nebel hing wie fein gesponnene Baumwolle. Wann war das gewesen? Vor einer Stunde? Vor zwei? »You go over there. Border! Germany!« Dicke Arme hatten rudernde Bewegungen in der Luft vollführt. »You swim!«

Und so waren Efrem und Asrat in den Fluss gestiegen, waren durch das träge dahinströmende Wasser geschwommen, ihre wenigen Habseligkeiten wasserdicht verpackt in einem dunkelgrünen Seesack, den Asrat über dem Kopf balanciert hatte. Kälte hatte sich um Efrem gelegt wie ein zu enger Mantel, hatte ihn ganz durchdrungen und seinen Körper seitdem nicht mehr verlassen.

Selbst dann nicht, als das Schreckliche passiert war. Das ganz und gar Schreckliche.

»Wir können eine Weile ausruhen«, hatte Asrat gesagt, als sie auf der anderen Seite des Flusses angekommen waren und er Efrem vor sich das abfallende, steinige Ufer hinaufschob. »Und wir sollten unsere Kleidung trocknen.«

Efrem hatte sich ganz ausgezogen, im Gegensatz zu seinem Bruder. Der behielt die Unterhose an, und auch den Brustbeutel, der um seinen Hals hing, legte er nicht ab. Den hätte er niemals aus der Hand gegeben. In dem Brustbeutel befanden sich ihre Pässe. »Diese Pässe«, hatte Asrat unterwegs erklärt, »sind unsere Zukunft.«

Während Efrem sein Hemd und die kurze Hose auf den Zweigen eines Busches ausbreitete, damit sie rascher trockneten, überlegte er, wie ein Heftchen, in dem sich nicht mehr befand als ein kleines Foto, unter dem sein Name stand, die Zukunft sein konnte. Die Zukunft war morgen, und morgen war so unendlich weit entfernt; wie konnte man heute schon daran denken?

Er kam nicht dazu, seinen Bruder danach zu fragen. Ein lautes Knacken ertönte. Neben ihm erstarrte Asrat zur Salzsäule. »Efrem?«, flüsterte er. Seine Stimme war ein raues Flüstern, geraspeltes Holz.

Alles ging sehr schnell. Da tauchten zwei Gestalten aus dem Nebel auf. Groß waren sie, trugen schwere Stiefel und lange, dunkle Mäntel. Über ihre Gesichter waren Masken gezogen. Wo Augen und Mund sich befanden, waren schmale Schlitze in den schwarzen Stoff geschnitten worden. Erst als Asrat die Hände über den Kopf hob, bemerkte Efrem, dass die kräftigere der beiden Gestalten eine Pistole in der Hand hielt. Die Mündung der Waffe war direkt auf ihn und seinen Bruder gerichtet. Efrem fühlte, wie etwas in seinem Inneren zu stolpern schien. Das war sein Herzschlag.

Der Mann mit der Pistole trat vor. Er zeigte auf den ledernen Brustbeutel, der um Asrats Hals hing. »Passports«, forderte er. Es war das einzige Wort, das Efrem ihn sagen hörte.

Asrat schüttelte heftig den Kopf. Er machte einen Schritt zur Seite, um sich schützend vor Efrem zu stellen. Der große Mann setzte, unerwartet schnell, beide Hände ein: Mit der einen riss er Asrat den Brustbeutel vom Hals, mit der anderen schlug er ihm ins Gesicht. Heftig.

Ohne einen Laut von sich zu geben, senkte Asrat den Kopf. Als er ihn wieder anhob, sah Efrem, dass seine Unterlippe blutete. Und er bemerkte das Flackern ins Asrats Augen. Einmal hatte er ein aus dem Nichts entstehendes, schnell um sich greifendes Buschfeuer gesehen. Es hatte mit einem ähnlichen Flackern begonnen.

Der schmächtigere der beiden Männer machte einen Schritt nach vorn. Der mit der Pistole reichte ihm den Brustbeutel. Als der Schmächtige den Beutel in die Hosentasche steckte, klaffte sein Mantel auf. Etwas blitzte. Die Schnalle eines Ledergürtels, auf der ein seltsam verschlungenes Zeichen prangte. Zwei silberne Schlangen.

Im nächsten Augenblick waren die Gestalten wieder eins geworden mit dem Nebel. Sie nahmen nichts weiter mit als Efrems und Asrats Pässe. Ihre Zukunft.

Und während all das geschehen war, hatte Efrem sich still verhalten, ganz still. Keinen Ton hatte er von sich gegeben, obwohl sich ein Klumpen in seinem Hals gebildet hatte, von dem er wusste, dass er nur durch lautes Schluchzen zu vertreiben war. Aber Asrat hatte auch nicht geschluchzt. Der hatte wortlos ihre nasse Kleidung zusammengesucht, trockene Hemden und Hosen aus dem Seesack geholt, Efrem bedeutet, er solle sich anziehen, und war losmarschiert. Und seitdem liefen sie, liefen und liefen, und Efrem war müde.

Auf der Karte, die Asrat ihm zu Hause gezeigt hatte, war die Welt so klein gewesen. Asrat hatte ihm erklärt, wo Europa und Deutschland lag, wo Afrika war, wo Äthiopien. Efrem hatte sich die Formen der Länder so genau eingeprägt, dass er sie aus dem Gedächtnis zeichnen könnte, wenn das von ihm verlangt würde. Doch hier war alles anders als auf dieser Karte, so groß, so weit …

»Woher weißt du überhaupt, wohin wir gehen müssen?«, fragte er Asrat. Die Worte kamen nur leise heraus. Selbst seine Stimme war müde.

Asrat blieb stehen. Eine Hand versank in der Tasche seiner Jacke. Mit einem kleinen Zettel zwischen den Fingern zog er sie wieder daraus hervor. »Den haben sie uns nicht genommen«, sagte er. »Hab ich vom Traktorfahrer.«

»Was steht da drauf?«

»Es ist ein Wegplan.« Asrat beugte sich zu ihm herab. »Schau, das ist der Fluss, das unser Weg, dies hier ist die Stadt. Und hier steht, wo wir wohnen werden. Siehst du?« Er hielt Efrem den Zettel unter die Nase. An der Stelle, wo der große Fluss beinahe die Stadt berührte, war der rechte Rand des Wegplans mit einem dicken roten Kreuz markiert.

»Was ist das?«, fragte Efrem.

»Das ist ein Hotel.« Asrat faltete den Zettel zusammen und steckte ihn zurück in die Jacke. »Wir wohnen in einem Hotel.«

★

Draußen in der Eingangshalle standen die Zigeuner. Der Alte und seine Tusse bearbeiteten wie die Blöden abwechselnd das Telefon und bekamen keine freie Leitung. Schrien dabei irgendwelches Dschibdschib und schafften es trotzdem nicht, den Lärm, den ihre drei Bälger veranstalteten, zu übertönen.

Kokolores, dachte Zoni. *Alles Kokolores.*

Er mochte dieses Wort. Es war rund und eckig zugleich, die treffende Bezeichnung für all den Schrott und Nippes, der über Schmucks enges, düsteres Arbeitszimmer verteilt war, chaotisch wie nach einem Bombenangriff. Schmucks Lieblingsspielzeug, das einzige neue Teil in dem ganzen Gehudel, stand auf dem kleinen Ecktisch. Abgedeckt mit einem grauen Tuch, wie meistens. Und schließlich dieser verlauste Köter, der faul unter dem mit Papieren überladenen Schreibtisch zu Schmucks Füßen lag – der war auch Kokolores. Das Vieh stank. So wie alles in diesem Laden.

Hotel Paradies! Früher Warenlager, heute Menschenlager. Ein ehemaliges Hafensilo, das von Schmuck für einen

Apfel und ein Ei gekauft und dann mit wenig finanziellem Aufwand umgebaut worden war. Jetzt zockte er darin die Leute ab. Verarschte alle nach Strich und Faden – die Asylantenbrut, das Sozialamt, den Staat. *Paradies?* Das war der kokolorigste Kokolores überhaupt.

»Was grinst du so blöd?«, blaffte Schmuck ihn an. Der Dicke versank fast auf dem niedrigen Stuhl hinter seinem Schreibtisch. Hielt sich mit seinen dicken Patschehänden an der Tischplatte fest, als wäre er kurz vorm Absaufen. »Sehe ich irgendwie witzig aus?«

»Jaaaa«, erwiderte Zoni gedehnt.

Beifallheischend wandte er den Kopf. Knister, der sich neben ihm postiert hatte, grinste zurück. Dürrer Kerl, kaum was auf den Rippen. Im Gegensatz zu Schmuck, dem fetten Schwein. Absaufen? Der nicht; *no, Sir.* Fett schwimmt oben, oder?

»Die Knarre und den Pass«, blaffte Schmuck. Die fleischigen Lippen formten ein empörtes kleines Loch. »Nun gib schon her das Zeug, und dann seht zu, dass ihr Land gewinnt.«

Knister hielt Schmuck die Pässe entgegen, die sie den Kaffern abgenommen hatte. Parierte immer aufs Wort, die Milchbirne. Zoni zog die Pistole aus dem Hosenbund und legte sie auf den Schreibtisch. Als der fettleibige Hotelbesitzer danach griff, zog er sie rasch wieder zurück. Immer noch grinsend. »Unser Geld«, forderte er.

Das klang cool, kinomäßig. Er sah sich selbst auf einer

Leinwand, die Hauptfigur in einem Film. Trug schwarze Lederklamotten, stand mit Knister vor der fetten Qualle von Chef, die Knarre in der Hand. Ließ sich nicht einschüchtern. Schnitt, Rückblende und Großaufnahme des Schwarzen, wie er ihm in die Fresse schlug. Richtig in die Fresse, sodass die Lippe aufplatzte. Kameraschwenk auf den kraushaarigen Kleinen daneben, der die Hosen vollgeschissen hatte vor Angst. Quatsch, Hosen hatte er gar keine angehabt, nackt war er gewesen. Keinen Pieps hatte er von sich gegeben, der Zwerg. Nur die runden braunen Püppchenaugen waren aufgerissen gewesen, weit aufgerissen.

»Zwei Pässe?« Schmuck hatte eine kleine Kassette aus dem Müll gegraben, der seinen Schreibtisch bedeckte. »Warum zwei?«

»Der Kaffer hat ein Kind dabei.«

»Soll mir recht sein.« Der Dicke zog einen Hunderter daraus hervor, schob ihn Zoni zu und griff gleichzeitig nach der Pistole. »Und jetzt – verschwindet!«

Könnte mehr Knete sein, dachte Zoni. Für zwei Pässe hatte er mit zwei Hunnis gerechnet. Schmuck machte Kohle ohne Ende mit diesem Schuppen, und daneben noch mit diesem und jenem. Hätte mehr rausrücken können, der Geizhals, tat es aber nicht. So konnte er ihm und dem dürren Knister zeigen, wo der Hammer hing. Boss ist, wer das Geld hat. So einfach war das.

Irgendwann würde er selbst genug Geld haben, mehr als er ausgeben konnte. Irgendwann wäre er, Zoni, der Boss.

Er machte auf den Hacken kehrt und verließ den Raum, wohl wissend, dass Knister ihm unaufgefordert folgte. Nacheinander traten sie hinaus in die Eingangshalle, wo der Zigeuner sich auf den Tasten des Telefons immer noch die Finger wund hackte. Seine Frau und die drei Kinder tummelten sich jetzt auf den zerschlissenen Möbeln, es ging drunter und drüber. Und Florin war da, klar. Der war immer da, dieser kleine, rothaarige Rumäne; gehörte praktisch zum Inventar. Hockte in diesem abgewetzten Sessel und wartete darauf, dass er endlich bei ihm und Knister mittun durfte. Zoni nickte ihm knapp zu. Florin lächelte dankbar zurück. *Demnächst in diesem Theater, Rotkopf*, dachte Zoni.

Hinter ihm und Knister fiel laut die Tür zum Arbeitszimmer ins Schloss. Zwei von den Zigeunerbälgern blickten erschreckt auf. Zoni riss einen Arm hoch, ließ die Hand auf die beiden Kinder zuzischen, krümmte den Zeigefinger.

»Päng!«

Das kleinste der Kinder begann zu weinen. Zoni stapfte grinsend an der Mutter vorbei, die ihm einen bösen Blick zuwarf. Echt cool. Echt guter Abgang.

Kinomäßig.

★

Die beiden Koffer hatten Rollen, doch die waren auf dem mit Kopfstein gepflasterten, unebenen Weg, der am Kai entlangführte, eher hinderlich als nützlich. Weiter voraus beschrieb der holprige Weg eine Biegung, dahinter musste an einem Hafenbecken das Hotel liegen. Bis jetzt hatte Lena nur abbruchreife Lagerhäuser gesehen; Ladekräne, die wie stählerne Finger in den Himmel zeigten, dann ein paar abgetakelte, von der Zeit zerfressene Kutter. Jetzt kamen zwei Schiffe in Sicht, rostende alte Wannen, zwischen die sich ein Holzsteg in den Fluss schob. Aus der Ferne erklang Lachen und Kindergeschrei. Die Luft trug den aufdringlichen Geruch brackigen, abgestandenen Wassers.

Unmittelbar vor der Wegbiegung kippte polternd einer der beiden Koffer um. »Scheiße«, fluchte Lena leise. Sie bückte sich und versuchte, den schweren Koffer zurück auf seine Rollen zu wuchten.

Mama ging einfach weiter, ohne sich umzusehen, die Schritte schleppend, als befände sie sich auf dem Weg zum Schafott. Während der Fahrt mit dem Bus hatte sie schon geschwiegen, und wahrscheinlich würde sie bis zum Abend oder zum nächsten Morgen weiterschmollen. Wahrscheinlich würde sie auch wieder …

»Das darf doch nicht wahr sein«, flüsterte ihre Mutter. Sie war in der Wegbiegung stehen geblieben. »Was für ein Dreckschuppen!«

Lena ließ den Koffer liegen, lief ihr nach und trat neben sie. Und sah das Paradies.

★

Wo sie ihre Nase gegen die kühle Scheibe gedrückt hatte, war ein Abdruck zurückgeblieben, ein winziger Fleck. Ajoke trat vom Fenster zurück, von dem aus sie Ibe und Juaila beobachtet hatte, die mit ein paar anderen Kindern unten am Kai spielten. Nervig, immer ein Auge auf die jüngeren Geschwister haben zu müssen.

»Dahinten kommen zwei Neue«, sagte sie. »Eine Frau und ein blondes Mädchen. Bestimmt ihre Tochter.«

»Die werden im dritten Stock einziehen, da ist was frei geworden«, hörte sie ihre Mutter hinter sich sagen. »Schön für die beiden. Da haben sie die Duschen auf ihrer Etage. Und den Trockenraum mit den Waschmaschinen.«

Eindeutiger ging es wohl nicht! Ajoke verdrehte die Augen und sah, wie ihr blasses, durchscheinendes Spiegelbild im Fensterglas es ihr gleichtat.

»Komm schon, Ajoke, du hast es mir versprochen! Die letzte Wäsche …«

»… habe ich auch schon gemacht!« Sie drehte sich um. »Und jetzt wäre Salm dran, aber die treibt sich wieder in der Stadt herum.«

»Was soll sie hier auch tun? Sie langweilt sich.« Ihre Mutter kniete auf dem Boden. Auf dem rechten Arm hielt sie das Baby, während sie mit der linken Hand schmutzige Wäsche sortierte. »Außerdem hat sie Freunde in der Stadt. Dir täten …«

»… Freunde auch gut, ja, ja.« Ajoke zerrte zwei bunte Plastiktüten aus einem vollgestopften Regal, in dem Klamotten und Bücher, Spielzeug und allerlei Krimskrams miteinander um Platz rangen. Sie zeigte auf die beiden Wäschehaufen. »Welche soll ich mitnehmen, die bunte oder die weiße?«

»Die Kochwäsche.«

Missmutig ging Ajoke in die Knie und stopfte die weiße Wäsche in die Plastiktaschen. Ihre Mutter beugte sich zu ihr herüber und drückte ihr einen Kuss auf die Wange. Das Baby nutzte die Gelegenheit, um Ajoke ins Haar zu greifen und daran zu ziehen. Sie quietschte lachend auf. So schnell, wie ihre schlechte Laune gekommen war, so schnell war sie auch schon wieder verflogen.

Ihre Mutter stand auf. »Weißt du, was ich hier in diesem Zimmer einmal tun möchte?«

»Was?«

»Beide Arme ausbreiten, wie ein Vogel seine Flügel, und mich dann im Kreis drehen – ohne dabei irgendwo mit den Händen anzustoßen!«

»Lass es lieber, sonst fällt dir Abbebe runter«, gab Ajoke trocken zurück. Als hätte er sie verstanden, gab Abbebe ein glucksendes, zahnloses Lachen von sich. Sie stopfte die letzten Wäschestücke in eine der Taschen. »Flügel kann man sowieso nur unter freiem Himmel ausbreiten.«

Sie sah sich prüfend um. Natürlich hatte ihre Mutter recht, das Zimmer war entschieden zu klein für zwei Erwachsene und fünf Kinder. Neben dem Regal und einem wackeligen Schrank, einem ebenso wackeligen Tisch und einigen Stühlen, die zusammengenommen schon ausgereicht hätten, den Raum zu füllen, gab es auch noch die drei in Reihe aufgestellten Etagenbetten. Zwischen den Betten waren notdürftig einige grobe Wolldecken gespannt. Die Decken mochten nicht verhindern, dass man die Eltern nachts manchmal hörte, wenn sie Liebe machten. *Aber immerhin verhindern sie*, dachte Ajoke zufrieden, *dass Papa und Mama mich dabei beobachten können, wenn ich in der Nase bohre!*

Sie nahm die beiden Tragetaschen auf, ging damit erneut ans Fenster und sah hinaus. Die bunte Kinderschar, darunter Ibe und Juaila, tobte noch immer ausgelassen und lärmend über den Kai. Das blonde Mädchen und seine Mutter waren verschwunden. Ajoke schlappte zur Tür. Müsste sie nicht die Wäsche waschen, wäre sie jetzt hinunter in die Eingangshalle gelaufen, um die Neuankömmlinge näher zu betrachten. Das Paradies war voll, Neuzugänge waren selten.

Egal. Sie würde das blonde Mädchen schon noch kennenlernen. Früher oder später lernte man hier jeden kennen.

2. Kapitel

Für Florin war der mit Abstand aufregendste Ort des Hotels die Eingangshalle. Hier trafen sich alle und jeder. Hier befanden sich die Rezeption, die Ausgabestelle für Wäsche und Essen sowie das einzige Telefon für alle Bewohner des Hauses. Das war gerade belegt ... wie meistens. Der Sinto, der den Apparat seit einer geschlagenen Viertelstunde bearbeitete, war endlich durchgekommen. Er kreischte aufgeregt etwas in die Leitung, um ihn herum wuselten seine Frau und die drei ebenfalls kreischenden Kinder. Das übliche Chaos.

An den Wänden der Eingangshalle hielten sich mit letzter Kraft billige, eingerissene Tapeten. Sie waren schon verschmiert und dreckig gewesen, als Florin vor zwei Jahren mit seiner Mutter hier angekommen war. Ein paar trübe Deckenleuchten verbreiteten mehr Schatten als Licht; sie brannten immer, ganz gleich, ob es draußen gerade hell oder dunkel war. Ansonsten standen nur ein paar alte Sessel herum, schäbig und abgenutzt. Einer davon, mit längst fadenscheinig gewordenem blauem Stoff bezogen, mit Gott weiß was für Flecken verdreckt, war Florins Stammplatz. In dem saß er beinahe jeden Tag, um zu beobachten, was sich im Hotel abspielte.

Eben war zum Beispiel diese verschickste Frau mit ihrer Tochter eingetrudelt, einem Mädchen mit langen, blonden Haaren. Deutsche waren die, das sah man auf hundert Meter; wahrscheinlich vom Sozialamt hierhergeschickt. Es bedurfte keines zweiten Blickes auf die Klamotten der Frau oder auf die Markenturnschuhe des Mädchens, um zu wissen, dass die beiden bisher Besseres als das Paradies gewohnt gewesen waren. Zumindest der fassungslose Blick der Frau sprach Bände.

Florin betrachtete sie aus zusammengekniffenen Augen. Deutsche waren für ihn tabu. Mit denen hatte er unangenehme Erfahrungen gemacht. Mit einem wie ihm, einem Asylbewerber aus Rumänien, wollten die nichts zu tun haben. *Rothaariger Bastard*, hatte ihm in der Stadt mal ein Mann nachgerufen, der an seinem Akzent erkannt hatte, dass er Ausländer war. *Hey, Rattenfresser!*

Das war nicht gut gewesen, gar nicht gut. Aber eines Tages würde der Rattenfresser es ihnen allen schon noch zeigen. Eines Tages würde er so sein wie Zoni. Florin grinste. Als Zoni ihm vorhin zugenickt hatte, war ihm das Herz beinahe in tausend Stücke gesprungen. Zoni war sein Idol. Der ließ sich nichts vormachen, von niemandem. Der wusste, aus welcher Ecke der Welt der Wind wehte.

Na gut, vielleicht war er in ein paar üble Geschichten verwickelt. Florin war nicht blind. Wer für Typen wie

Schmuck arbeitete, war automatisch in üble Geschichten verwickelt. Schmuck war schlechte Gesellschaft. Und damit war auch Zoni schlechte Gesellschaft, aber verdammt, wem machte das schon etwas aus? Knister jedenfalls nicht, diesem wandelnden Skelett.

Hier und da war er Knister und Zoni schon mal zur Hand gegangen. Insgeheim hoffte er darauf, dass sie ihn bald ganz bei sich aufnahmen, ihn zu hundert Prozent akzeptierten. Das wäre der erste Schritt. Dann wäre es bald vorbei mit dem Rattenfresser.

Die Frau drückte zögernd den Klingelknopf an der Rezeption. Florin hörte, wie die Tür des Arbeitszimmers sich öffnete, und wandte sich um. Schmuck trat in die Eingangshalle, gefolgt von seinem riesigen Schäferhund. Ob Wotan bissig war oder nicht, war eine Frage, auf die Florin keine Antwort wusste. Er war auch nicht scharf darauf, es herauszufinden.

Schmuck wirkte kurzfristig irritiert, als er die Frau und das Mädchen sah – als hätte er nicht die beiden, sondern jemand anderen erwartet –, fasste sich aber sofort wieder und trat hinter die Rezeption. »Kostenübernahmeschein«, blaffte er dann, was weniger wie eine Frage klang als wie ein Befehl. Die Frau nickte eingeschüchtert und kramte ein Papier aus ihrer Handtasche.

Na bitte, dachte Florin, *Sozialamt! Aus der Wohnung geflogen, die zwei Tauben.*

Der Rest der einseitigen Unterhaltung zwischen

Schmuck, der sich geschäftsmäßig die fleischigen Hände rieb, und der Frau, die nur ab und zu hilflos nickte, ging im Lärmen der Sintikinder unter. Florin wusste, dass es sich um das übliche Aufnahmeritual handelte: Frische Bettwäsche alle drei Wochen (wenn sie nicht von einem selbst gewaschen wurde). Kochen im Zimmer verboten (aus Gründen der Sicherheit). Gemeinschaftsküche im ersten, Bäder sowie Wasch- und Trockenräume im dritten Stock. *Und viel Spaß beim ersten Besuch der Klos!*, dachte Florin grinsend.

Für einen Augenblick hielten die Sintikinder wie durch ein Wunder alle gleichzeitig die Klappe. »Dritter Stock«, hörte er Schmuck zu der Frau und dem blonden Mädchen sagen. »Und kein Krawall, ist das klar?«

Das Mädchen feixte bloß. Als der Hotelbesitzer sich umdrehte und ihm den Rücken zuwandte, streckte es ihm die Zunge raus, dann bückte es sich nach seinem Koffer. Die Kleine würde sich von Schmuck nicht einschüchtern lassen, das gefiel Florin. Hübsch war sie auch. Aber die Mutter sah ... erschreckt aus. Als stünde sie unter Schock. Als wäre in ihrer unmittelbaren Nähe eine Bombe hochgegangen. *Krach, wummmm!* Was, wenn die Tusse ihre Wohnung verloren hatte, auch ungefähr auf das Gleiche hinauskam.

Er beobachtete, wie die Frau und ihre Tochter über die Treppe nach oben verschwanden, dann sah er auf seine Uhr. In einer halben Stunde würde seine Mutter von der Nachtschicht im Krankenhaus zurückkommen. Besser, er verzog sich nach oben und räumte das Zimmer auf. Sie hasste es, wenn der Abwasch vom Frühstück herumstand oder wenn die Betten nicht gemacht waren. Manchmal glaubte Florin, sie hasste auch ihn, obwohl er es besser wusste.

Er stemmte sich gerade aus dem Sessel, als die Tür in die Eingangshalle sich erneut öffnete. Zwei Schwarze traten schüchtern ein und bleiben stehen, ein großer, kräftiger Typ, der einen Seesack trug, und ein Junge. Der Kleine sah aus, als würde er vor Müdigkeit im nächsten Moment einfach umfallen.

Schmuck, der noch immer an der Rezeption stand und mit vorgeschobener Unterlippe Formulare ausfüllte, blickte auf. Florin sah, wie er die Neuankömmlinge musterte. Ein Lächeln glitt über sein feistes Gesicht, dünn und fein wie der Schnitt eines Skalpells.

»Na bitte«, brummte der Hotelbesitzer zufrieden.

★

»Ich glaube das nicht! Ich kann nicht glauben, dass mir das passiert!«

Für einen Augenblick war Lena ausnahmsweise geneigt, ihrer Mutter zuzustimmen. Das Zimmer war klein und hässlich, mit seinem kargen Mobiliar und dem zerlöcherten Teppich, den grün getünchten Wänden und dem einzelnen, armseligen Fenster. Aber alles hier war hässlich: dieses Hotel, von dem der Putz bröckelte und das von außen aussah, als drohe ihm stündlich der Abriss. Die heruntergekommene Eingangshalle, das verballerte Treppenhaus.

Armut gleich Hässlichkeit, dachte Lena.

Es war eine Gleichung, von der sie wusste, dass sie in dieser Form nicht stimmte. Draußen, in dem engen, schlecht gelüfteten Flur vor ihrem Zimmer, war ihr ein Bild aufgefallen. Kein einfaches Poster hing dort an der Wand, sondern ein wirkliches Gemälde – Öl auf Leinwand, das wie von Schmetterlingsflügeln getupfte Bild einer gelben Blumenwiese. Das hatte dieser dicke Schmuck sicher weder selbst gemalt noch dort aufgehängt. Wo es solche Bilder gab, musste es auch noch mehr Schönheit geben.

Ihre Mutter wuchtete ihren Koffer auf eines der zwei Betten, die nebeneinander unterhalb des Fensters standen. Federnd, mit einem schrillen Quietschen, gab die Matratze nach. »Kein Lattenrost. Wie kommt es nur, dass ich mir das beinahe gedacht habe?«, sagte Mama sarkastisch.

Lena grinste. Es war das erste Mal seit dem Besuch des Sozialamtes am frühen Morgen, dass Mama zu ihrem alten Humor zurückzufinden schien. Ihr Lächeln erlosch, als sie sah, wie ihre Mutter ein Tablettenröhrchen aus der Handtasche kramte und sich suchend umsah.

»Kein Waschbecken?« Ihre Stimme rutschte eine Oktave höher und wurde schrill. »Sollte hier auf der Etage nicht der Duschraum oder so was sein? Sieh mal nach, und bring mir ein Glas Wasser, ja?«

»Musst du schon wieder Tabletten nehmen?« Schlaftabletten schienen seit Wochen die einzige feste Nahrung zu sein, die Mama zu sich nahm.

»Ich lege mich hin. Ich bin müde.«

»Wenn du sowieso müde bist, warum schluckst du dann immerzu diese blöden Pillen? Die sind nicht gut für dich.«

»Darüber müssen wir jetzt nicht diskutieren, oder?« Ihre Mutter hatte sich bereits auf das freie Bett sinken lassen. »Ich habe einen schweren Tag hinter mir, Schatz, also widersprich mir nicht. Geh einfach und hol mir einen Schluck Wasser, okay?«

Und was ist mit meinem schweren Tag? Und worin soll ich das blöde Wasser denn holen? In meinen Schuhen vielleicht?

Lena sah sich um. In dem Zimmer befanden sich keinerlei Gegenstände, die man für das alltägliche Leben brauchte, keine Tassen oder Gläser, Teller oder Besteck. Was Besteck anging, fiel ihr ein, so waren sie damit immerhin bestens versorgt. Sie grinste. Mama schleppte ein vierundsechzigteiliges Silberbesteck mit sich herum, das sie bei der Pfändung vor dem Vollstreckungsbeamten, Gerichtsvollzieher oder wie auch immer die Typen hießen, die einem die Wohnung ausräumten, in Sicherheit gebracht hatte. Wie weit kam man mit vierundsechzig Messern, Gabeln, Löffeln, Tortenhebern und Schöpfkellen?

»Gehst du heute noch, oder willst du warten, bis es dunkel ist?«, fragte ihre Mutter vom Bett.

Unwillig schürzte Lena die Lippen. Ihr würde nichts anderes übrig bleiben, als in einem der Nachbarzimmer nach einem Glas zu fragen. Die Hotelbewohner mussten sich hier auskennen. Asylbewerber kamen schließlich auch nicht mit einem Picknickkoffer voller Geschirr und Besteck hier an, oder? Die waren doch meistens schon froh, wenn sie ihre nackte Haut retten konnten.

★

Ajoke klappte das Buch zu, in dem sie zu lesen versucht hatte. Manchmal ging ihr der Lärm in dem zu kleinen Zimmer auf die Nerven. Besonders dann, wenn sie lesen wollte. Sie war eine gute Schülerin; die deutsche Sprache zu lernen war ihr leichter gefallen als ihren Geschwistern. Ihr Vater sah das gern. Er war Lehrer; zu Hause, in Angola, hatte er Deutsch unterrichtet. Von Zeit zu Zeit brachte er Ajoke ein Buch mit, das er billig im Ramsch erstanden hatte. »Es ist wichtig, die Sprache des Landes zu beherrschen, in dem man sich aufhält«, pflegte er zu sagen, um dann sarkastisch hinzuzufügen: »Noch wichtiger wäre es allerdings, die Hautfarbe wechseln zu können.«

Seine Verbitterung nahm von Tag zu Tag zu. Ajoke verstand zu wenig von Politik, um nachvollziehen zu können, warum er die Regierung ihres Heimatlandes hasste, warum er gezwungen gewesen war, Angola zu verlassen. Und dieses Land – Deutschland – verstand sie ebenso wenig. Sie hatte die Abneigung, die Flüchtlingen wie ihr und ihrer Familie von vielen Seiten entgegenschlug, genauso kennengelernt wie Aufgeschlossenheit und Freundlichkeit. Es gab solche Menschen und solche, ob in Angola, Deutschland oder hier im Paradies. Die einen kamen miteinander aus, die anderen nicht – wobei es Ajoke manchmal erschien, als ob das Aufbringen von Ablehnung, Misstrauen oder gar Hass sehr viel mehr Energie verbrauchte als gutwilliges Entgegenkommen.

Die meisten Kinder, die sie in der Schule kennengelernt hatte, verhielten sich ihr gegenüber freundlich. Doch *richtige* Freunde hatte sie noch nicht gefunden. Im Gegensatz zu Salm. Aber die war älter, hübscher – und hatte, weil irgendwelche Gene verrücktgespielt hatten, hellere Haut als ihre Geschwister. Für Salm machte das die Sache leichter. Aber es war Wasser auf den Mühlen ihres Vaters, der behauptete, Rassismus sei eine Frage der Hautfarbe.

Ibe robbte über den Fußboden und ließ sein Spielzeugauto lautstark gegen die Bettpfosten krachen. Salm hockte auf dem Bett und feilte sich gelangweilt die Fingernägel. Juaila hatte sich auf den Schoß ihres Vaters gekuschelt, die Arme um ihren heiß geliebten Teddybären geschlungen. Beide starrten sie auf die flackernden, bunten Bilder des in einer Ecke stehenden kleinen Fernsehers, Juaila fasziniert, ihr Vater mit dem gewohnt mürrischen Zug um die Mundwinkel, der sein Gesicht nie zu verlassen schien. Ihre Mutter saß am Tisch und wiegte das Baby. Auf die eine oder andere Art hatte hier jeder gelernt, die ständig wogende Geräuschkulisse, den Lärm um sich herum einfach auszublenden.

»Dieses blonde Mädchen von heute Morgen ...«, sagte Ajoke zu ihrer Mutter.

»Ja?«

»Sie war bei Petco und hat ihn um ein Glas gebeten.«

»Woher weißt du das?«

»Ich war bei ihm, nachdem ich die Wäsche aufgehängt hatte. Er hat ein neues Bild gemalt. Viel Blau, wie der Himmel über Afrika.«

»Petco hat Glück, dass er ab und zu Farben und Leinwand geschenkt bekommt.« Ihre Mutter lächelte. Abbebe grapschte nach einem ihrer Finger. »Es gibt gute Menschen in diesem Land.«

»Es gibt auch arme Menschen in diesem Land. Das Mädchen und seine Mutter … Ich glaube, die haben gar nichts mehr.« Sie lehnte sich zurück und schlug ihr Buch wieder auf. »Die sind bestimmt morgen früh bei der Essensausgabe.«

»Du könntest dich mit dem Mädchen anfreunden, oder?«

Ihrem Vater entfuhr ein verächtlicher Laut, der sicher nicht dem Fernsehprogramm galt. Ohne ihn zu beachten, sagte Ajoke: »Vielleicht. Mal sehen.«

★

Und wieder Dunkelheit. Keine alles umfassende Dunkelheit – die wurde vom matten Licht der Glühbirne, die über ihnen von der Decke hing, zurückgedrängt –, doch genug davon, um Efrem an die Reise zu erinnern, die nun endgültig hinter ihm und seinem Bruder lag.

»Dass ihr eure Pässe verloren habt, ist ein großes Problem«, erklärte der junge Nordafrikaner, der am Tisch neben Asrat saß. Er bewegte anmutig die Hände, während er übersetzte, was der dicke Hotelbesitzer ihm vorgesagt hatte. »Ohne Pässe seid ihr wie Vögel ohne Flügel. Ihr seid Illegale. Ihr dürftet euch nicht mal in Deutschland aufhalten. Euch droht jederzeit die Abschiebung nach Äthiopien. Und dort dürften euch ohne Pässe kaum weniger Schwierigkeiten erwarten.«

»Frag ihn, was ich jetzt tun soll.« Asrat machte eine Kopfbewegung in Richtung des Hotelbesitzers, der neben der Tür stand. Vor den Füßen des Mannes lag ein großer Hund, den Efrem gerne gestreichelt hätte. Doch das hier war ein Gespräch unter Männern. Wenn Männer sich unterhielten, so war ihm von Asrat eingeschärft worden, hatte er sich ruhig zu verhalten.

All diese Worte sagten ihm ohnehin nichts: illegal, Asyl, Abschiebung. Er war müde, er wollte schlafen. Wenn er schlief, würde er den Überfall vom Morgen vielleicht vergessen. Wenn er schlief, würde er sich nicht mehr so allein vorkommen. Denn er fühlte sich allein, trotz Asrat. Obwohl der sich seit dem Tod der Eltern, an die Efrem sich gar nicht mehr erinnern konnte, immer um ihn gekümmert hatte, immer für ihn da gewesen war.

Der Nordafrikaner hatte Asrats Frage übersetzt. Jetzt ließ der dicke Mann einen nicht enden wollenden, von heftigen Gesten begleiteten Redeschwall los. Efrem lauschte. Ihm gefiel die deutsche Sprache nicht. Sie war wenig melodiös, manche Worte schienen buchstäblich zerhackt werden zu müssen, bevor sie den Mund verließen.

Fünf weitere Männer befanden sich in dem kargen Zimmer, lagen auf ihren Etagenbetten, rauchten oder starrten Löcher in die Luft. Um die Betten herum türmten sich Taschen, Koffer und Plastiktüten. Mit jedem der Männer, so hatte Efrem schnell festgestellt, konnte er sich nur mit Blicken verständigen. Vier von ihnen kamen ebenfalls aus Afrika, wie er selbst und Asrat. Doch Afrika war riesig, ein gewaltiger Kontinent. Er wusste, dass allein in seiner Heimat Äthiopien die Menschen vier völlig verschiedene Sprachen benutzten. Wie sollten er und Asrat dann erwarten, dass sie in diesem fremden Land voller fremder Menschen irgendjemand verstand?

»Schmuck sagt, dass du mit deinem Bruder hier schlafen kannst, auch wenn du jetzt noch kein Geld hast«, übersetzte jetzt der junge Nordafrikaner den Redeschwall des Hotelbesitzers für Asrat. »Du kannst für ihn arbeiten, auf einer Baustelle. Da verdienst du genug eigenes Geld, um dieses Zimmer zu bezahlen. Sechshundert Mark pro Bett. Du sparst Geld, wenn du und dein Bruder zusammen nur eines benutzt.«

»Sechshundert *Mark*«, wiederholte Asrat, das letzte Wort gebrochen in der harten Sprache. »Ist das viel oder wenig?«

Der Hotelbesitzer spuckte einen weiteren Satz aus. Er schien ungeduldig.

»Schmuck sagt, du kannst gehen, wenn dir das nicht

passt!« Die Stimme des Nordafrikaners war schnell geworden, zu schnell. Efrem spürte Panik in sich aufsteigen. »Er sagt, dass er ein großes Risiko auf sich nimmt, wenn er dir Arbeit und ein Bett gibt. Falls die Baustelle von der Polizei kontrolliert wird, musst du so tun, als kennst du ihn und das Hotel nicht.«

Zu Efrems Erleichterung nickte Asrat. Er stand auf und hielt dem Hotelbesitzer, den der Nordafrikaner Schmuck genannt hatte, die Hand entgegen. Der dicke Mann schnaufte nur verächtlich. Im nächsten Moment schlug hinter ihm und seinem großen Hund, der ihn begleitete wie ein zweiter Schatten, die Zimmertür zu.

»Ich muss jetzt auch gehen«, sagte der Nordafrikaner.

»Wohnst du nicht hier?«, fragte Efrem schüchtern.

»Nein.«

Einer der rauchenden Männer begann leise zu singen, die Stimme voller Sehnsucht. Efrem schloss die Augen und wiegte sich sanft hin und her. Das Lied war weich und voller Wärme, wie das Streicheln der afrikanischen Sonne auf nackter Haut.

3. Kapitel

Lena klopfte zaghaft an die Tür des Zimmers, in dem der alte Maler wohnte. In einer Hand hielt sie nervös das tags zuvor ausgeliehene Wasserglas.

Deutsch hatte er gesprochen, der alte Mann, gebrochen und holprig zwar, aber gut genug, um ihre Frage nach einem Glas zu verstehen. Als er, von einer Wolke aus Terpentingeruch umwabert, zu einem Regal voller Geschirr geschlurft war, war Lenas Blick über seine Schulter hinweg auf eine halb bemalte Leinwand gefallen. Blau und Gelb schienen die Lieblingsfarben des Malers zu sein, dann Grün. Bei dem kurzen Streifzug durch die dritte Etage waren ihr mehrere Bilder aufgefallen, größere und kleinere, alle von derselben Hand gemalt. Wunderschön.

Dann hatte der alte Mann wieder vor ihr gestanden, hatte ihr das Glas gereicht und sich mit einer tiefen Verbeugung verabschiedet. Erst als die Tür sich bereits wieder schloss, war ihr der andere Mann aufgefallen, der sich in dem Zimmer aufhielt – ein dunkles Gesicht, das in einem noch dunkleren, buschigen Bart verschwand, tief liegende schwarze Augen, die Lena neugierig musterten.

Jetzt bedauerte sie, dass sie gestern zu schüchtern gewesen war, den Maler auf seine schönen Bilder anzusprechen. Sie klopfte ein weiteres Mal an, diesmal energischer. Als niemand öffnete, stellte sie das Glas kurz entschlossen vor der Tür ab und begab sich auf den Weg nach unten. Vielleicht würde sie den alten Mann bei der Essensausgabe treffen, dann konnte sie sich noch einmal bei ihm bedanken.

Essensausgabe montags und donnerstags von 9.00 bis 10.00 Uhr. Das über der Rezeption angebrachte Schild hatte sie gestern in der Eingangshalle im Vorbeigehen gesehen. Heute war Donnerstag, und das erfüllte sie mit großer Erleichterung. Die wenigen Essensvorräte, die ihre Mutter mitgebracht hatte, fast ausschließlich Konserven, waren praktisch aufgezehrt.

Während sie, immer zwei Stufen gleichzeitig nehmend, die Treppen hinablief, sah Lena auf ihre Armbanduhr. Zehn nach neun. Sie war bereits vor zwei Stunden aufgewacht, hatte auf dem Bett gelegen und gelesen, damit sie die bedrückenden Zimmerwände nicht anstarren musste. Mama schlief noch immer. Wenn sie aufwachte, wollte Lena sie mit frisch gebrühtem Kaffee und einem richtigen Frühstück überraschen. Und Schmuck würde sie sicherlich mit Geschirr versorgen.

Ein Summen und Brummen hatte sich über das Hotel gelegt. Viele Zimmertüren standen offen, Menschen aller Hautfarben und jeden Alters waren auf dem Weg nach unten in die Eingangshalle. Gestern, bei ihrer Ankunft, war für Lena alles neu gewesen, da hatte sie einen Eindruck nicht vom anderen unterscheiden können. Jetzt fielen ihr unzählige Dinge auf – das Gewirr verschiedener Sprachen, die seltsamen Düfte und Gerüche, die in den Fluren hingen, die bunte, exotische Kleidung einiger Hotelbewohner. Kinder lachten, Radios plärrten und irgendwo schrien ein Mann und eine Frau sich lauthals an, in einer Sprache, die klang wie das Rattern eines Schnellfeuergewehrs.

In der düsteren Eingangshalle angekommen, fiel ihr auf, dass die meisten Leute Distanz zueinander hielten. Man sah aneinander vorbei, ein jeder schien darauf bedacht, sich nur um seine eigenen Belange zu kümmern. Sie selbst wurde von niemandem beachtet. Geduldig wie Schulkinder warteten die Hotelbewohner jeder für sich darauf, an die Reihe zu kommen. Es wurde kaum geredet.

Hinter der Rezeption gab Schmuck sich wie ein kleiner König. Er verteilte Pakete und schien seine Rolle als Herr über die Futterquelle sichtlich zu genießen; auf seinem Gesicht lag ein selbstzufriedenes Grinsen. Neben dem Tisch lag hechelnd sein riesiger Schäferhund.

Lena stellte sich ans Ende der Warteschlange. Vor ihr stand ein dunkelhäutiges Mädchen, kaum größer als sie selbst, das ungeduldig von einem Fuß auf den anderen trippelte. Die krausen Haare des Mädchens waren zu unzähligen, dicht am Kopf anliegenden und im Nacken zusammengefassten Zöpfen geflochten. Kleine Perlen aus buntem Glas und Holz waren kunstvoll hineingewebt. Um solche Zöpfe zu besitzen – vielleicht nicht für immer, aber wenigstens einmal für zwischendurch –, hätte Lena alles gegeben.

Was nicht mehr so viel ist. Tausche Markenturnschuhe gegen Zöpfe! Bescheuert …

Im nächsten Moment trat ihr das zappelige Mädchen versehentlich auf den linken Fuß. Erschreckt drehte es sich um. »Tut mir leid, ich … Hey, du bist die Neue!«

Lena starrte verblüfft in zwei auffallend große braune Augen. »Stimmt. Sieht man mir das so sehr an?«

Das schwarze Mädchen mit den schönen Augen lächelte und hielt ihr eine Hand entgegen. »Nein, natürlich nicht. Ich hab gesehen, wie du angekommen bist, gestern. Ich heiße Ajoke.«

»Ich bin Lena.« Sie schüttelte die ausgestreckte Hand, dann deutete sie nach vorn. »Weißt du, wie das hier funktioniert?«

»Klar, ist ganz einfach. Du wartest, bis du dran bist. Für jeden Hotelbewohner gibt es Karteikarten, da steht drauf, was man an Essen und so zugeteilt bekommt.«

»Und gibt es hier auch … Ich meine, wird hier auch Geschirr und so was verteilt? Kochtöpfe?«

Das schwarze Mädchen – Ajoke – lächelte. »Das gibt es alles in der Gemeinschaftsküche im ersten Stock. Kann ich dir nachher zeigen, wenn du willst.«

»Gern, super! Danke.« Lena strahlte.

Hinter ihr drängelte sich jemand vorbei. Sie wandte sich zur Seite und bemerkte den rothaarigen Jungen, der gestern, als sie und ihre Mutter angekommen waren, in einem der dreckigen Sessel gehockt hatte.

»Florin«, zischte Ajoke überrascht, so leise, dass nur Lena es hören konnte. »Seit wann arbeitet der denn für den fetten Sack?«

Der Rothaarige trug gestapelte Kartons, die er einem hoch aufgeschossenen, gelangweilt dreinblickenden Jungen überreichte, der aus der Tür hinter der Rezeption heraussah. *Langes Elend*, schoss es durch Lenas Kopf. In ihrem Herzen tat es einen winzigen Stich. *Langes Elend* … So hatte ihr Vater Leute genannt, die hager oder schlaksig waren. Sie verdrängte den Gedanken so schnell, wie er gekommen war, und konzentrierte sich auf das Schauspiel der Essensausgabe.

Es *war* ein Schauspiel, mit Schmuck als einzigem, hundsmiserablem Akteur. »Frage mich immer, warum die alle so drängeln für diesen Urwaldfraß … Einmal dreißig!«, rief er über seine Schulter.

Ein weiterer Junge, älter als das lange Elend, trat aus dem Raum hinter der Rezeption und händigte Schmuck ein Paket aus. Lena genügte ein Blick auf die schmalen Lippen und die angriffslustig funkelnden Augen, um zu wissen, dass sie mit diesem Typen keine nähere Bekanntschaft machen wollte. Als der Junge sie abschätzend musterte, sah sie schnell zur Seite.

Schmuck schob das Essenspaket über den Tisch einem davor wartenden dunkelhäutigen Mann zu und griff, nach einem Blick auf den nächsten Wartenden in der Reihe, routiniert nach der folgenden Karteikarte. »Einmal unversauten Moslem!«, krähte er.

»Unversaut?«, wandte Lena sich flüsternd an Ajoke. »Was meint er damit?«

Findet Schmucks Kommentare nicht lustig

»Moslems dürfen kein Schweinefleisch essen, das verbietet ihre Religion«, flüsterte Ajoke zurück. »Der Fettsack macht sich immer über alle lustig!«

Niemand unter den wartenden Menschen reagierte auf Schmucks widerliche Witze. Lena überlegte, ob es daran lag, dass die meisten von ihnen den Hotelbesitzer einfach nicht verstanden, oder daran, dass sie sich an seine gehässigen Bemerkungen und Sticheleien gewöhnt hatten. Oder hatten sie Angst vor ihm?

nachdenklich

Vier weitere Opfer mussten Schmucks fragwürdige Späße über sich ergehen lassen, dann war die Reihe an Ajoke. »Zwei Erwachsene, fünf Zusatz«, rief er über die Schulter, bevor er sich ihr grinsend zuwandte. »Na, da haben deine Eltern sich aber angestrengt, um viele kleine rabenschwarze Negerkinder zu machen, hm?«

»Sie haben sich jedenfalls mehr Mühe gegeben als Ihre Eltern.« Mit einem zuckersüßen Lächeln zeigte Ajoke auf den zu Schmucks Füßen liegenden, hechelnden Schäferhund. »Oder warum hängt Ihrem Bruder jeden Tag die Zunge zum Hals raus?«

Der ältere Junge, der Schmuck die drei angeforderten Pakete anreichte, lachte auf. Selbst sein Lachen war Lena unsympathisch. *mag Schmock nicht*

Ohne die Antwort des verdutzten Hotelbesitzers abzuwarten, schnappte Ajoke sich die Pakete und marschierte aufrechten Hauptes davon. »Ich warte bei der Treppe auf dich«, zischte sie Lena im Vorbeigehen zu. »Ich will dir was zeigen.«

Lena musste an sich halten, um nicht in lautes Lachen auszubrechen. Doch sie war als Nächste an der Reihe. Besser, sie benahm sich anständig. Schmuck, so widerlich er auch war, war der letzte Mensch im Paradies, mit dem sie es sich verderben wollte. *mag Ajoke*

★

Kannst beim Ausladen helfen. Das kam dem siebten Himmel ziemlich nahe. So hatte Florin sich das immer vorgestellt: Ganz cool war Zoni auf ihn zugetreten, hatte eine Kopfbewegung in Richtung des vor dem Hoteleingang parkenden Lieferwagens gemacht und gesagt: »Kannst beim Ausladen helfen.«

Einfach so.

Okay, das hier war vielleicht nicht der Job des Jahrhunderts. Aber es war ein Anfang. Florin turnte über die Ladefläche des Lieferwagens und schob einzelne Essenspakete an deren Rand, um dann von der Pritsche zu springen und jeweils fünf Pakete aufeinanderzustapeln. Mehr als fünf auf einmal konnte er nicht tragen. Die verdammten Dinger waren einfach zu schwer.

In der Eingangshalle nahm ihm der äußerst wortkarge Knister die Pakete ab und trug sie in die Abstellkammer hinter der Rezeption. Dort wurden sie von Zoni sortiert und wieder herausgegeben, an Schmuck, der sie verteilte.

»Fertig, der Wagen ist abgeräumt«, rief Florin in den kleinen Raum, als er die letzten Essenspakete vor der Tür abstellte. Er wusste, dass seine Stimme zu laut war. Alle sahen ihn an – was genau das war, was er beabsichtigte. Sie sollten wissen, dass er ab jetzt dazugehörte.

Zoni trat nach draußen. Er war beinahe zwei Köpfe größer als Florin. »Dann machst du hier mit Knister für mich weiter. Ich fahre die Kanaken zur Baustelle.«

»Klar, kannst dich auf mich verlassen, Zoni«, versicherte Florin ihm eilfertig. »Ich –«

Zonis rechter Arm schoss vor. Florin rechnete mit einem Schlag ins Gesicht und schloss instinktiv die Augen. Er war überrascht, als er eine kräftige Hand beinahe zärtlich durch seine Haare fahren spürte. »Musst dich nicht bei mir einschleimen, Alter«, raspelte Zoni. »Du gehörst jetzt dazu, okay? Bleib locker.«

Florin nickte. Locker bleiben, ja, das war es. Ganz locker, auch wenn es schwerfiel, weil Dutzende von Augenpaare ihn musterten, was ihm plötzlich gar nicht mehr gefiel. Und weil er Knister, den er leise in sich hineinlachen hörte, am liebsten eine gescheuert hätte.

44

Zoni hatte sich umgedreht und steuerte aus dem Hotel, schwingende Hüften, die Arme ein wenig vom Körper entfernt, kampfbereit, wie immer.

»Nun komm schon, Florin«, sagte Knister drängend. »Wir haben zu tun.«

Was genau sie zu tun hatten, ging ihm eine Minute später auf. In dem engen Abstellraum hinter der Rezeption öffnete Knister einzelne Essenspakete mit einem Taschenmesser, sortierte hier und dort Teile des Inhalts heraus – abgepacktes Brot, Büchsenfleisch, Kaffee, Mehl, Zucker, Trockenmilch – und versiegelte die Päckchen anschließend wieder sorgfältig mit Klebeband.

»Fresse halten, klar?«, grinste er. »Gib Schmuck einfach die Pakete mit den passenden Nummern.«

Florin nickte. Schmuck schien kaum zu registrieren, dass er jetzt zu den Helfern gehörte, die ihm die Arbeit im Hotel erleichterten. Er hatte nur ein knappes Nicken für ihn übrig, dann wandte er sich der langhaarigen Blonden zu, die gestern angekommen war.

»Essen gibt's hier nur für die Ausländer«, hörte Florin ihn dem Mädchen erklären. »Ihr bekommt doch euer Geld vom Sozialamt, deine Mutter und du, oder? Ihr müsst euch kaufen, was ihr braucht. Im Gegensatz zu denen hier.« Eine weit ausholende Handbewegung umfasste die wartenden Menschen in der Eingangshalle.

»Wir würden auch kaufen, wenn wir würden kriegen Geld«, mischte ein Inder sich ein, der hinter dem Mädchen stand. »Aber wir nicht dürfen Geld. Wir nur kriegen Essen in Paket!«

»Und ich dir auch sagen, warum, Turban: Damit nicht jeder Asylant mit einem dicken BMW zurück nach Hause fährt.« Damit drehte Schmuck sich zu Florin um und schmetterte: »Einmal achtundzwanzig, für Inder, ohne Rindfleisch.«

»Gibt es denn hier in der Nähe einen … einen Supermarkt oder so was?«, fragte die Blonde unsicher.

»Kannst alles bei mir kaufen«, gab Schmuck zurück. »Hab hier sozusagen meinen eigenen Laden.«

»Haben Sie auch Nescafé? Und Milch und so was?«

»Knister?«, rief Schmuck, und Knister begann, mit fliegenden Händen einige der frisch aus den Paketen entwendeten Lebensmittel in einem leeren Karton zusammenzustellen: Kaffee, Kondensmilch, Schwarzbrot, Konfitüre …

»Geld brauchst du keins«, hörte Florin Schmuck zu dem Mädchen sagen. »Ich rechne den Einkauf mit deiner Mutter ab. Ich habe hier alles, was ihr braucht.«

Alles, was du den Leuten hier aus den Paketen geklaut hast, dachte Florin spöttisch, während er die Regale nach einem Paket mit der Nummer achtundzwanzig durchforstete. Als er es endlich gefunden hatte und dem ungeduldigen Schmuck nach draußen reichte, war die Blonde bereits verschwunden. Dafür sah Florin plötzlich seine Mutter. Und sie sah ihn.

Dreimal Scheiße, und Pech gehabt!

Sie ging die Treppen hinauf und warf ihm einen Blick zu, einen kurzen Blick nur, doch aus dem sprach alle Missbilligung dieser Welt. Er spürte einen Anflug von schlechtem Gewissen. Gut, er hatte ihr irgendwann versprochen, sich von Zoni und Knister fernzuhalten. Aber das war gewesen, bevor er festgestellt hatte, dass hier niemand etwas mit ihm zu tun haben wollte. Kein Schwein interessierte sich für einen rothaarigen Rattenfresser, der dem deutschen Steuerzahler auf der Tasche lag. Selbst wenn er, wie seine Mutter jedem erzählte, der es hören wollte oder nicht, eigentlich deutschstämmig war und nur noch auf seine Anerkennung wartete.

Soll sie doch glotzen, dachte Florin. *Soll sie glotzen!*

Er holte tief Luft und drehte sich um. Wäre auch niemandem damit gedient, wenn seine Mutter jetzt die Tränen sah, die ihm in die Augen traten.

★

Wenn es möglich gewesen wäre, hätte Zoni die Illegalen in den Lieferwagen *geschaufelt*. Diese umständliche, lahmarschige Einsteigerei jeden Morgen ging ihm auf die Nerven. Fehlte nur noch, dass einer der Bimbos während der Fahrt anfing zu singen. Als ginge es gut gelaunt zur nächsten Baumwollplantage.

Er schob die Daumen in die Taschen seiner Jeans und ließ den Blick an der bröckelnden, schmutzig weißen Fassade des Hotels emporgleiten. Blauer Himmel, wolkenlos.

Die Sonne brannte schon jetzt, was das Zeug hielt. Den Kanaken würde heute das Wasser bis runter in die Schuhe laufen.

»Ja, seh ich denn richtig?«, murmelte er, als er den Blick wieder senkte.

Im nächsten Moment hatte er den kleinen Schwarzen, der sich gerade damit abmühte, auf die Ladefläche zu klettern, auch schon grob am Arm gepackt und von der Pritsche des Lieferwagens heruntergezogen. »Du bleibst hier, Rotznase!«

»Asrat!«, rief der Kleine.

»Das ist kein Asrat, das ist ein Auto«, schnaubte Zoni ihn an. »So, das war deine erste Deutschstunde, und jetzt verpfeif dich!«

Einer der Schwarzen auf dem Lieferwagen, ein junger Kerl, rief dem Zwerg etwas zu. Der stülpte die Unterlippe vor und verschränkte beleidigt die Arme, unternahm aber keinen Versuch mehr, auf die Pritsche zu klettern.

Erst jetzt fiel Zoni auf, wer die beiden waren – der kleine Kaffer und dessen großer Bruder, die zwei Freischwimmer, denen er und Knister gestern die Pässe geklaut hatten. Mussten es ja auch sein – schließlich war Sinn und Zweck der ganzen Aktion, dass die Typen, wenn sie erst mal ohne Ausweise im Paradies aufliefen, von Schmuck zur Baustelle gelotst werden konnten. Bis die herausgefunden hatten, dass bei der Plackerei für sie keine müde Mark heraussprang, hatten sie sich längst an die Maloche gewöhnt.

Die waren Schmuck noch dafür dankbar, dass er sie im Paradies wohnen ließ, wo er ihnen ihre sauer verdiente Knete gleich wieder abzockte. Waren ihm dankbar dafür, dass er sie nicht an die Bullen verpfiff, denen es scheißegal war, ob ein Bimbo einen Pass besaß oder nicht. Asyl konnte jeder beantragen, mit oder ohne den Lappen. Vollidioten!

Er lief um den Wagen herum, schwang sich hinter das Lenkrad, ließ den Motor an und die Kupplung kommen – um den Motor unmittelbar darauf wieder abzuwürgen. Absichtlich. Der Lieferwagen machte einen zornigen Satz nach vorn. Zoni, der auf den Hopser eingestellt gewesen war, drückte sich mit dem Rücken gegen den Fahrersitz. Von der Ladefläche erklangen lautes Poltern und zwei, drei nervöse Schreie. Er grinste. Tat den Kaffern gut, wenn sie ein bisschen durchgerüttelt wurden. Machte ihnen klar, wer hier das Steuer in der Hand hielt.

»Euer aller lieber Zoni«, flüsterte er grinsend. Er drehte den Zündschlüssel erneut um. Der Motor startete mit einem satten Brummen.

Er entspannte sich. Halbe Stunde bis zur Baustelle, dann erst mal Mittagspause. Und später, viel später, heute Abend … Nun, für heute Abend waren noch ein oder zwei nette Dinge geplant. Echt nette Dinge.

»Action«, flüsterte Zoni.

Er ließ den Wagen anrollen und drückte reflexartig auf die Hupe, als er den kleinen Schwarzen bemerkte, der noch immer um den Wagen herumhampelte. Der Zwerg hatte die Fäuste geballt und ging nur widerstrebend aus dem Weg. *Könnte einfach drüberfahren über die Göre*, schoss es Zoni durch den Kopf.

Der Zwerg würde gerade mal ins Profil der Reifen passen.

★

An der linken Innenwand des ehemaligen Hafensilos schraubte sich in stetem Zickzack eine Treppe empor, bis in den sechsten und letzten Stock unterhalb des Dachbodens. An jedem Treppenabsatz war eine Maueröffnung in Form einer Luke in die massive Backsteinwand eingelassen.

Dieser Ort war Ajokes Zuflucht.

»Schau mal raus«, sagte sie zu Lena. »Ist das nicht toll?«

Lena beugte sich neugierig über den Mauervorsprung. Ajoke wusste, welcher Anblick sich ihr jetzt bot.

Schmutz und Zerfall, die wie wuchernder Schimmel das Aussehen der heruntergekommenen Gegend bestimmten, waren von hier oben kaum zu erkennen. Im Gegenteil, der Ausblick war beinahe malerisch: Blau funkelte das Wasser im Hafenbecken, die vergessenen alten Schiffe und Kutter schaukelten im Wind, kleine Wellen klatschten gegen den Kai. Selbst die Lagerhäuser wirkten von hier oben längst nicht so abweisend und bedrohlich wie unten, wenn man direkt vor ihnen stand.

Aber das Beste war der Himmel, der weite, schier endlose Himmel. Es gab nicht viele trübe Momente in Ajokes Leben. Doch wenn sie sich wirklich unglücklich fühlte, kam sie zu dieser Luke, dann sah sie in den Himmel, und ihr Herz schwang sich dem Blau und den Wolken entgegen, oder es segelte mit den allgegenwärtigen, kreischenden Möwen davon, die durch die Luft stoben wie vom Wind aufgewirbelte Schneeflocken.

»Es ist mein Lieblingsplatz. Hier kann man sich, na ja, also, man kann sich groß und klein fühlen. Gleichzeitig, weißt du?«

»Es ist wirklich schön.« Lena zog den Kopf wieder ein und ließ sich auf einer Treppenstufe nieder. »Du sprichst perfekt Deutsch«, sagte sie. »Seid ihr schon lange hier, du und deine Familie?«

»Wie man's nimmt.« Ajoke stellte ihre Pakete ab und setzte sich neben sie. »Seit drei Jahren.«

»Ihr kommt aus Afrika, oder?«

»Aus Angola. Das liegt an der Südwestküste von Afrika.«

»Angola …«, wiederholte Lena bedächtig. »Herrscht dort Krieg oder so was? Ich meine, warum seid ihr hier?«

»Bürgerkrieg, manchmal. Ich hab das nie richtig verstanden«, gab Ajoke zu. »Irgendwas mit Politik.«

»Würdet ihr gerne zurückgehen?«

»Meine Eltern auf jeden Fall. Und ich auch.« Ajoke zögerte. »Glaube ich wenigstens.«

Der Gedanke an eine Rückkehr in ihre Heimat war ihr tausendmal durch den Kopf geschossen. Sie konnte sich an so viele Dinge so gut erinnern: an das Haus, in dem sie gelebt, an die Schule, die sie besucht hatte. An Freunde und Verwandte, an das fröhliche, lärmende Durcheinander von Familienfesten. Am besten jedoch erinnerte sie sich daran, dass ihre Eltern bis vor drei Jahren anders gewesen waren: nicht von Kummer zerfressen wie ihre Mutter, die ihre Sorgen so geschickt hinter einem Lächeln versteckte. Nicht von Hass und Groll zernagt wie ihr Vater, Hass auf die Politik in seinem eigenen Land, Groll darüber, als Flüchtling wie eine Nummer behandelt zu werden, sein Schicksal und das seiner Familie nicht mehr als schwarze Buchstaben auf weißem, geduldigem Papier. Würden ihre Eltern sich wieder in die zurückverwandeln, die sie bis vor drei Jahren gewesen waren? Und würde umgekehrt der Aufenthalt in Deutschland sie, Ajoke, nicht gleichfalls verändert haben?

Sie war sich nicht sicher. Manchmal hatte sie das Gefühl, zwischen einer Vergangenheit zu schweben, die immer weiter verblasste, und einer Zukunft, die keine Konturen annehmen wollte. Das waren die Momente, in denen sie hierherkam und Trost suchte bei ihrer Aussicht, dem Blick in den offenen Himmel.

»Was ist mit dir und deiner Mutter?«, fragte sie Lena. »Warum seid ihr hier gelandet?«

Lena stand auf. Sie trat an die Mauer und blickte lange zur Luke hinaus. »Mein Vater hat Schulden gemacht«, sagte sie endlich. »Er und Mama hatten ein Geschäft, das nicht lief, aber Papa tat so, als ob es lief. Und dann ist er … Dann hat er Mama und mich sitzen lassen und ist verschwunden. Und Mama hat jetzt all die Schulden, die sie nicht bezahlen kann, und deshalb wurden wir zwangsgeräumt.«

»Zwangsgeräumt? Was ist das?«

»Es bedeutet, dass man aus seiner Wohnung geschmissen wird, wenn man die Miete nicht mehr bezahlen kann.«

»Und wo ist dein Vater jetzt?«, fragte Ajoke.

Lena wandte sich um. »Danke, dass du mir geholfen hast, aber ich muss jetzt wirklich gehen.« Sie zeigte auf ihren kleinen Karton und das Geschirr, das sie gemeinsam in der Küche besorgt hatten. »Meine Mutter wartet bestimmt schon auf das Frühstück. Wir sehen uns später, okay?«

Sie turnte die Treppe hinab. Mit gerunzelter Stirn sah Ajoke ihr nach. Wie es schien, war sie nicht die Einzige, die von Zeit zu Zeit eine Aussicht brauchte.

★

Die Fäuste geballt, das Herz voller hilflosem Zorn, sah Efrem dem in einer Staubwolke verschwindenden Lieferwagen nach. Asrat war widerspruchslos aufgestiegen, und jetzt war er fort.

»Wir brauchen das Geld«, hatte er vom Wagen herab gesagt.

Und ich brauche dich, hätte Efrem am liebsten geantwortet, doch Asrats Stimme war hart gewesen, und er schätzte es nicht, wenn man Widerworte gab.

Was sollte er jetzt tun? In den stickigen kleinen Raum, in dem heute Morgen die Männer wie Wachspuppen auf ihren Betten gelegen und blicklos gegen die Zimmerdecke gestarrt hatten, wollte er nicht gehen. Unheimlich war es dort, und den wie kranke Hunde in jeder Ecke lagernden strengen Geruch, die von Zigarettenqualm erfüllte Luft, mochte er auch nicht einatmen. Es reichte, dass er in diesem Zimmer schlafen musste.

Gegen die von der Sonne aufgewärmte Hauswand gelehnt betrachtete er sehnsuchtsvoll die Kinder, die johlend am Kai herumschwärmten. Viele afrikanische Kinder waren dabei, doch darunter keines, so viel hatte Asrat schon herausgefunden, das seine Sprache beherrschte. Wenn sie ihn mitspielen ließen …

Er geriet ins Grübeln. Und wenn nicht? Wenn sie ihn abwiesen, weil er nicht dazugehörte, weil er anders war als sie? Hatte das nicht der junge Nordafrikaner letzte Nacht gesagt: dass er und Asrat nicht dazugehörten, weil sie Illegale waren? Was bedeutete *Illegale* überhaupt? Asrat hatte es ihm nicht erklärt.

Die Wut, die wie ein Derwisch in Efrems Bauch herumtanzte, seit dieser grobe Junge ihn davon abgehalten hatte, auf den Wagen zu klettern, kochte plötzlich über. Gar nichts hatte sein großer Bruder ihm erklärt. Nur dass sie in ein Land gehen würden, wo alles besser war als zu Hause in Äthiopien. Ein Land, wo die Menschen nicht um ihr Leben fürchten mussten, wenn sie Dinge sagten, die anderen, machtvollen Menschen nicht gefielen. Ein Land, in dem es Arbeit und Wohlstand gab, in dem Kinder nicht auf der Straße leben und hungern mussten.

»Es ist das Paradies«, hatte Asrat gesagt. Jetzt waren sie im Paradies angekommen, und sein Bruder hatte nichts Besseres zu tun, als zu verschwinden und ihn mit tausend unbeantworteten Fragen zurückzulassen.

Unschlüssig sah Efrem in die Richtung, in die der Lieferwagen gefahren war. In weiter Entfernung ragten Häusertürme in den Himmel. Dort lag die Stadt. Und wo eine Stadt war, waren Menschen, so viele Menschen, dass ein kleiner Junge zwischen ihnen nicht auffallen würde. Ja, das war es! Wenn Asrat keine Zeit hatte, ihm ihre neue Heimat zu zeigen und zu erklären, dann würde er die Sache eben selbst in die Hand nehmen.

Entschlossen löste er sich von der Hauswand und stapfte los. Vielleicht würde er unterwegs sogar auf die Baustelle stoßen. Vielleicht konnte er dort beweisen, dass er Asrat eine Hilfe war. Er könnte Steine tragen. Er könnte ebenfalls Geld verdienen.

Sollte er die Baustelle nicht finden, blieb ihm immer noch die Stadt. Dann würde er die Gelegenheit dazu nutzen, ein paar neue Gerüche zu sammeln.

★

Lenas Blick schweifte über das Geschirr, das sie aus der Gemeinschaftsküche besorgt und mit dem sie den kleinen

Frühstückstisch gedeckt hatte. Teller, Tassen und Untertassen bildeten ein buntes keramisches Durcheinander, nichts davon passte zusammen.

»Erinnerst du dich an unser schönes Service?« Ihre Mutter, halb versteckt hinter einer Nebelbank aus Zigarettenrauch, trank einen Schluck Kaffee. »Das englische, mit dem Blumenmuster?«

Lena nickte. Wie der übrige Hausstand, so war auch das kostbare Service zur Ablösung eines Teils der von ihrem Vater hinterlassenen Schulden versteigert worden. Ihr ganzes altes Leben war versteigert worden, wenn man von dem Tafelsilber absah, das ihre Mutter vor dem Gerichtsvollzieher in Sicherheit gebracht hatte. Jetzt hatten sie ein neues Leben, und das war wie diese Teller und Tassen: ungleichmäßig, aus unpassenden Teilen zusammengesetzt.

Und genauso bunt, richtig bunt. Also reg dich nicht auf, Lena! Dieses bescheuerte englische Blumenporzellan hast du sowieso nie leiden können. Die Knochenbrecher von Tassen hatten so winzige Henkel, dass nicht mal dein kleiner Finger durchgepasst hat!

Viel größere Sorge bereitete ihr, dass ihre Mutter auch heute zum Frühstück kaum mehr als Kaffee und Zigaretten zu sich genommen hatte. Mittag- und Abendessen würden mit Sicherheit wieder aus Schlaftabletten bestehen. Sie musterte ihre Mutter und fragte sich, wie das Äußere eines Menschen sich von einem auf den anderen Tag derart verändern konnte. Die langen Haare fielen achtlos in das abgespannte Gesicht. Unter den Augen zeichneten sich dunkle

Ringe ab. Der Lack auf den früher sorgfältig gepflegten Fingernägeln hatte zu splittern begonnen.

Wie eine Häuserfassade, dachte Lena. *Wie eine Fassade, die* tausend Hammerschläge eingesteckt hat, ohne dass je ein Riss zu bemerken war. Aber die Risse waren, wenn auch unsichtbar, vorhanden gewesen, waren mehr und mehr geworden, und jetzt war die Fassade plötzlich in sich zusammengesackt. *[handschriftlich: nach-denklich]*

Sie schob ihren Teller zurück, stand auf und trat ans Fenster. Der Ausblick auf den Kai vermochte ihre Laune nicht aufzubessern. Wie konnte Ajoke angesichts dieses alles beherrschenden Eindrucks von Schmutz und Verfall nur so guter Dinge sein? Seit drei Jahren war sie mit ihrer Familie schon hier … War das alles nur eine Frage der Gewöhnung?

»Glaubst du«, fragte sie vorsichtig und ohne sich umzudrehen, »Papa kommt irgendwann zurück?«

Sie hörte ein Auflachen. »Hoffentlich! Damit er sieht, was er mir angetan hat, dieser Dreckbeutel.«

Nur dir? Und was ist mit mir? *[handschriftlich: findet es doof das ihre mom vorab sich denkt]*

»Vielleicht käme er zurück, wenn er es wüsste«, erwiderte sie leise.

»Oh, sicher! Treu sorgend und liebevoll. Er würde uns allen im Stadtwald ein wunderschönes Baumhaus zimmern, das wir mit Apfelsinenkisten einrichten könnten.«

Lena wandte sich um. Wie erwartet, sah sie den verbitterten Zug um den Mund ihrer Mutter, der sich dort einschlich und festfraß, wann immer die Rede auf Papa kam. »Vielleicht würde er wirklich zurückkommen.«

Die Wolke aus graublauem Zigarettenrauch zerfaserte in kleine Wirbel, als ihre Mutter abwinkte. »Ach, du hast doch keine Ahnung.«

»Weil du mir nie etwas sagst! Du schleppst deinen Ärger mit dir herum, und damit du nicht darüber nachdenken musst, isst du diese Scheißtabletten!«

»Gut, bitte, dann sage ich dir jetzt was!«, brauste ihre Mutter auf. »Ich sage dir, was dein toller Vater machen würde, wenn er uns hier sähe.« Sie fügte die Spitzen von Daumen und Zeigefinger der linken Hand zu einem Kreis zusammen. »Null! Mehr kann man von einer Null auch nicht erwarten.«

»Na gut, dann müssen wir eben selber etwas unternehmen!«, schnappte Lena zurück. Es war der passende Moment, etwas auszusprechen, das ihr schon seit Tagen durch den Kopf geisterte. Ruhig sagte sie: »Du könntest Onkel Herbert um Hilfe bitten.«

Sie konnte tatsächlich sehen, wie die Pupillen ihrer Mutter sich bis fast auf Stecknadelgröße verkleinerten. »Onkel Herbert? Kommt überhaupt nicht infrage.«

»Warum nicht? Immerhin ist er dein Bruder, und Geld hat er auch.«

»Und eine Frau, die nichts Besseres zu tun hat, als überall herumzutratschen, dass es in ihrer Verwandtschaft zwei Sozialfälle gibt.«

»Was ist daran so schlimm?«

»Nichts, solange es nicht jeder weiß.« Ihre Mutter fuhr sich mit einer Hand durch die ungekämmten Haare. »Oder würdest du wollen, dass deine Freundinnen wissen, wo du jetzt wohnst?«

hat angst davor

Nicht schlecht für einen Schuss ins Blaue. Lena schluckte. Ihre Mutter hatte einen Punkt berührt, über den nachzudenken sie sich bisher verboten hatte. Sie hatte sich eingeredet, dazu sei noch genug Zeit, wenn die Ferien endeten und die Schule wieder begann – in drei Wochen, die ihr plötzlich beängstigend kurz erschienen. Was würden ihre Freundinnen davon halten, dass sie plötzlich außerhalb der Stadt wohnte, in einem ehemaligen Hafensilo, das zwar nach außen hin ein Hotel, faktisch aber ein Heim für Asylbewerber war? Sie sah ihre Mutter an, die sich eine Zigarette angezündet hatte und blicklos in den Raum starrte.

Ich bin selbst schuld. Ich hab sie gereizt, und sie hat zurückgeschlagen. Dabei kann ich Onkel Herbert nicht mal besonders leiden …

»Lassen wir das.« Ihre Mutter fuhr mit einem Finger über die staubige Tischplatte und hielt ihn Lena entgegen. »Ich verstehe das nicht – dieser Dreck überall! Fliegt einfach durch die Luft. Man muss noch nicht mal was dafür tun, um hier schmutzig zu werden.«

Plötzlich fühlte Lena sich unglaublich müde. »Du kannst duschen gehen, während ich unten den Abwasch mache«, sagte sie. »Der Duschraum ist auf der anderen Seite des Ganges, ganz am Ende.«

»Duschraum?« Ihre Mutter drückte energisch die Zigarette aus. »Kannst du mir mal erklären, für wen, zum Teufel, ich hier duschen soll?«

4. Kapitel

»Wann macht der Markt endlich zu? Um halb sieben?«

Zoni nickte.

»Und was machen wir bis dahin?«

»Warten. Und die Klappe halten.«

Warten und schweigen war das Schlimmste, was Florin sich in dieser Situation vorstellen konnte. Warten und schweigen hieß, den Gedanken nicht ausweichen zu können, die einem durch den Kopf wirbelten. Dem Gedanken an seine Mutter zum Beispiel. Dem Gedanken an das, worauf er sich hier eingelassen hatte. In seinem Kopf gehörte das untrennbar zusammen, der bevorstehende Einbruch in den Supermarkt und seine Mutter. Sie würde ihn zurück nach Rumänien prügeln, wenn sie jemals von diesem Einbruch erfuhr, und sie würde dabei weinen. Früher, als sie ihn noch geschlagen hatte, war sie dabei immer in Tränen ausgebrochen.

Knister gab ein grundloses Kichern von sich. Zoni zündete sich eine Zigarette an. Sekunden später war das enge Führerhaus des Lieferwagens von so dichtem Qualm erfüllt, dass Florin das Gefühl hatte, ersticken zu müssen. Warum redeten die bloß nicht? Okay, die machten das nicht das erste Mal. Aber waren sie kein bisschen nervös? Hatten sie keine Angst davor, erwischt zu werden, vor allem hier, wo sie sich so auffällig präsentierten wie fette rote Kirschen auf einer Sahnetorte?

»Der Trick ist, es so offensichtlich zu tun, dass niemand auf die Idee kommt, dass du es tust«, hatte Knister während der Fahrt in den Außenbezirk der Stadt erklärt. Was ungefähr der längste Satz war, den Florin ihn je hatte aussprechen hören. Und der letzte seit über einer halben Stunde.

Zoni hatte den Wagen an einer Seitenwand des Supermarktes geparkt, schräg gegenüber der Laderampen. Florin fühlte sich unwohl dabei, hier auszuharren. Mehrere Leute hatten schon im Vorbeigehen neugierig von außen durch die Windschutzscheibe geglotzt. Was war, wenn jemand Verdacht schöpfte? Wenn jemand den Marktleiter oder, ohne Umwege, gleich die Polizei verständigte? Wenn jemand …

»Was ist, wenn jemand sich das Autokennzeichen merkt?«, flüsterte er.

Aus Knisters Kehle drang ein Schnaufen. Es mischte sich in ein kaum verständliches »Ausgetauscht«.

Gefälscht also. Etwas entspannter betrachtete Florin die Menschen, die ihre vollen Einkaufswagen über den Parkplatz schoben oder den Kofferraum ihrer Autos beluden. Durchschnittsbürger. Herr und Frau Schmidt, Meier, Kaiser und wie sie alle hießen. Von denen würde wahrscheinlich wirklich niemand glauben, dass die drei Jungen in dem klapprigen Lieferwagen nur darauf warteten, dass der Supermarkt geschlossen wurde, um kurz darauf einen kleinen Einkaufsbummel darin zu unternehmen.

Einkaufsbummel ... Das war das Wort, das Zoni benutzt hatte, als er ihm angeboten hatte, ihn und Knister zu begleiten. Harmloses Wort, und irgendwie falsch. Schließlich würde nach diesem speziellen Einkauf niemand das Portemonnaie zücken und bezahlen. Und wozu auch? Was war schon dabei, wenn man ein paar Kleinigkeiten aus einem Supermarkt holte? Das würde kaum auffallen, der Laden war doch bis unters Dach so vollgepackt mit Waren, dass man ihn in hundert Jahren nicht leer kaufen konnte. Wem sollte es wehtun, wenn ein bisschen was davon fehlte?

Draußen färbte der Himmel sich rosa. Der Parkplatz begann sich langsam zu leeren. Wortlos kurbelte Florin das Seitenfenster ein Stück herunter. Er brauchte frische Luft, der Zigarettenrauch biss in seinen Augen. Außerdem war ihm heiß. So heiß, dass ihm der Schweiß auf die Stirn trat. Was am Wetter liegen musste, ausschließlich an diesem gottverdammten, sonnenverseuchten, unerträglichen Wetter.

★

Efrem saß auf der Bordsteinkante und betrachtete das Licht. Es war allgegenwärtig, und es hatte seinen eigenen, flimmernden Rhythmus. Aus unzähligen Leuchtreklamen gespeist, stürzte es in Kaskaden von den hohen Häuserwänden herab – flackernd, strahlend, glimmend, blendend, alles überwältigend – und schwappte über der Einkaufsstraße und den dahinhastenden Menschen zusammen. Dieses Licht wärmte nicht. Es war kalt, nach einer Weile empfanden die Augen es als schmerzhaft.

Efrem stützte den Kopf auf die Hände. Er war müde. Schon auf dem Weg in die Stadt hatte er jedes Zeitgefühl verloren. Er war einfach der großen Straße gefolgt, die vom Hafen aus auf die vor dem blassblauen Horizont aufragenden Hochhäuser zuführte. Erst hatte er seine Schritte gezählt, dann die ihm entgegenkommenden Autos. Später war er nur noch gelaufen, den Blick gesenkt auf den Randstreifen der Straße und auf die kleinen Grasbüschel, die hier und dort den Asphalt aufgebrochen und sich dem Sonnenlicht entgegengekämpft hatten.

Auf die Baustelle war er unterwegs nicht gestoßen, doch die war ohnehin längst vergessen angesichts der verwirrenden Eindrücke, mit denen die Stadt ihn bestürmte: die Geschäfte und Kaufhäuser mit prallvollen Auslagen hinter riesigen Glasscheiben. Die Lichter, der Lärm, die aus einladend offen stehenden Türen dringende, pulsierende Musik, das unverständliche Gewirr fremder Stimmen. Stunden war er nun schon herumgewandert in dieser Glitzerwelt, hatte sich treiben lassen im endlosen Strom der Menschen.

Jetzt eilten sie an ihm vorbei, Männer und Frauen, bepackt mit Tüten und Taschen, nur wenige von ihnen lachend oder gut gelaunt. Die meisten waren ernst, hielten den Blick geradeaus gerichtet, als flüchteten sie vor etwas oder jemandem, der ihnen im nächsten Moment von hinten auf die Fersen treten und sie straucheln lassen könnte.

Er hob den Unterarm und schnupperte daran. Der Geruch war noch da, dieser unbeschreibliche Duft, der all das, was er hier sah, in sich vereinte.

Reichtum.

Reichtum und Wohlstand.

Er hatte sich nur die Spielsachen ansehen wollen. An unzähligen Schaufenstern hatte er sich die Nase platt gedrückt, hatte feingliedrige Puppen und bunte Autos bestaunt, knopfäugige Plüschtiere und aus riesigen Bausteinen zusammengesetzte, mit Spielzeugsoldaten bemannte Burgen. Zum Greifen nah waren all diese wunderbaren Dinge gewesen, nur durch eine dünne Wand aus spiegelblank geputztem Glas von ihm getrennt. Er hatte sie berühren wollen, diese Dinge. Durch die Schaufenster hindurch hatte er beobachten können, dass alle Menschen das so machten, Gegenstände anfassten, sie hin und her wendeten und von allen Seiten betrachteten, bevor sie sich zum Kauf entschlossen oder sie unentschieden zurück in die Regale legten.

Also hatte er eines der Kaufhäuser betreten. Eine gläserne Tür wich zischend zur Seite, als er darauf zutrat, ein Schwall warmer, unangenehm trockener Luft rauschte aus einem im Boden eingelassenen Gitter und fuhr unter sein T-Shirt.

Schon nach wenigen Schritten sah er die Frau. Ebenso abweisend wie schön, stand sie an einem marmornen Tresen. Unzählige Fläschchen und Flakons verschiedener Farben und Formen füllten ein hinter ihr aufragendes, verspiegeltes Regal. Efrem starrte die schöne Frau an, minutenlang, bis sie ihn bemerkte und zu sich heranwinkte. Zögernd trat er an den Tresen. Sie redete auf ihn ein, aus blutroten Lippen. Er schüttelte verständnislos den Kopf. Eine gepflegte Hand zeigte auf ein Fläschchen aus schillernd blauem Glas, eine fein geschwungene, rabenschwarze Augenbraue wurde fragend hochgezogen. Blaue Augen lächelten. Efrem nickte. Im nächsten Moment hatte die Frau seinen nackten Arm ergriffen und mit ein wenig vom Inhalt des Fläschchens besprüht.

Oh, der Duft war so köstlich! Als würden tausend Frühlingsblüten sich auf einmal öffnen, stieg er in seine Nase. Und hinter diesem Duft verbarg sich ein weiterer, der schwerer war als der flüchtige Geruch der Blüten, weniger süß, rauchiger, wärmer.

Efrem hatte die Spielzeuge vergessen. Er war aus dem Kaufhaus wieder auf die Einkaufsstraße getreten, hatte sich inmitten des Menschengewimmels auf den Bordstein gesetzt und war in die Betrachtung der inzwischen überall aufflackernden Lichter versunken, betört von dem geschenkten Duft, der ihn umwogte wie schweres, blaues Wasser.

Und nun war er müde. Und hungrig. Seit Stunden nistete der Hunger in seinem Bauch wie ein kleines Tier, das sich weigerte, seine gemütliche Höhle zu verlassen. Er besaß kein Geld, um sich etwas zu essen zu kaufen. Besser, er machte sich auf den Heimweg.

Er erhob er sich von der Bordsteinkante und setzte sich in Bewegung, nur um gleich darauf wieder stehen zu bleiben. Da lag etwas am Rand des Gehsteigs. Eine bunte Schachtel. Fingerdicke, goldgelbe Stäbchen ragten daraus hervor, verklebt von einer dicken roten Soße. Ohne zu zögern, bückte Efrem sich nach der Schachtel, roch kurz an deren Inhalt und begann, die Stäbchen in sich hineinzustopfen. Sie waren kalt, aber gut. Während er mit fliegender Geschwindigkeit aß, spähte er misstrauisch über die Einkaufsstraße. Abrupt hielt er inne.

Da waren zwei Frauen. Wenige Meter von ihm entfernt waren sie stehen geblieben und machten gar keinen Hehl daraus, dass sie ihn beobachteten. Sie schüttelten die Köpfe. Vielleicht waren sie neidisch auf ihn, neidisch auf das gute Essen, das er gefunden hatte. Er schaufelte die mehligen Stäbchen schneller in sich hinein, leckte zwischendurch geschickt die rote, fruchtige Soße von den Fingern.

Die Frauen musterten ihn, starrten ihn an, tauschten leise Worte aus. Auf ihren Gesichtern lag ein Ausdruck, der Efrem nicht gefiel. Ganz und gar nicht.

Er wandte sich ab, ließ die leere Schachtel fallen und schoss, ohne sich noch einmal umzusehen, in die nächste Seitenstraße. Man konnte sich hier nicht verlaufen. Es gab zwei große Einkaufsstraßen, die parallel zueinander verliefen. Sie waren durch vier oder fünf dieser kleinen Seitenstraßen wie durch Kanäle miteinander verbunden, jede von ihnen war er heute schon mehrfach auf und ab gewandert. Eine Weile rannte er, nutzte das Zickzack der Kanäle und steuerte dabei das Ende der Fußgängerzone an.

Als er sicher war, dass niemand ihn verfolgte, wurde er langsamer. Er musste zurück ins Hotel. Wahrscheinlich würde Asrat dort schon längst auf ihn warten. Er hob den Unterarm und roch daran, um sich davon überzeugen, dass der Duft nicht verschwunden war. Ja, er war noch da, umwaberte seinen Arm, eine beruhigend warme Wolke. Er lächelte zufrieden in sich hinein. Er würde Asrat vorführen können, wie der Reichtum roch.

In stetem Rhythmus einen Fuß vor den anderen setzend, begann er wieder zu laufen, aus der leuchtenden Stadt hinaus in die anbrechende Dunkelheit.

★

Die Einbruchswerkzeuge befanden sich, säuberlich sortiert, in einem gewöhnlichen Werkzeugkasten, den Zoni als seinen *Instrumentenkoffer* bezeichnete. Ihm gefiel der Gedanke, dass ein Einbruch einer chirurgischen Operation glich.

Der Patient wurde vorsichtig geöffnet, einige unwichtige Teile aus seinem Inneren entfernt. Um das Verschließen der Operationswunde sollten andere sich kümmern. Dies hier war nur ein kleiner Eingriff, der Patient würde nicht daran sterben. Tatsächlich würde er, trotz fehlender Narkose, nicht einmal bemerken, was mit ihm geschehen war.

Jawohl, Herr Doktor ... Er ließ Brecheisen und Zange sinken, mit denen er das letzte Schloss erledigt hatte, und warf einen Blick auf seine Armbanduhr. »Los!«, zischte er. »Fünf Minuten!«

Knister und Florin drückten sich durch die geöffnete Tür und verschwanden im Halbdunkel des Lagers. Er hatte den beiden eingeschärft, flache, höchstens mittelgroße Kartons zu nehmen, von denen sich leicht drei oder vier tragen ließen – und Elektronik, ausschließlich Elektronik. Ansonsten war es völlig schnuppe, was sich in den Kartons befand. Auf dem grauen Markt fanden sogar Waffeleisen reißenden Absatz.

Er räumte die Werkzeuge zurück in den Instrumentenkoffer und ließ dabei den Blick über den verwaisten Parkplatz schweifen. Schon komisch, wie schnell so eine riesige Fläche sich nach Ladenschluss leerte. Was vorher durch Autos und Menschen so lebendig wirkte, war plötzlich tot. Völlig geputzte Platte. Und der Supermarkt selbst ... beinahe unheimlich. Kein Gedudel mehr, keine Durchsagen, nur noch das fast unhörbar leise Summen kilometerlanger elektrischer Leitungen. Keine lebende Seele, mit Ausnahme des Nachtwächters.

Die letzten Worte des Nachtwächters? Hey, ganz einfach, Mann: Ist da jemand?

Zoni grinste. Irgendwo in diesem Gebäude schiss dieses armes Schwein von Wachmann sich gerade in die Hosen bei der Überlegung, ob sechs Mark Stundenlohn genug waren, um sich dafür die Fresse polieren zu lassen. Irgendwo in der Stadt, in irgendeiner Polizeiwache, waren in genau diesem Moment ein paar rote Lämpchen am Durchdrehen.

Herzflimmern. Kreislaufkollaps ...

Es war kein Zufall und schon gar keine Dummheit, den Bruch jetzt vorzunehmen, unmittelbar nachdem der Konsumtempel seine heiligen Pforten geschlossen hatte. Die Bullen würden mindestens eine Viertelstunde brauchen, bis sie sich durch den Berufsverkehr nach hier draußen gekämpft hatten. Wären also locker auch zehn Minuten für die Aktion drin gewesen, doch was das anging, bewegte man sich besser auf der sicheren Seite.

Zoni stellte sich auf die Zehenspitzen, wippte auf die Fersen, zurück auf die Zehenspitzen ... Langweilig, hier Wache zu schieben. Das hatte er sonst Knister überlassen. Aber es wurde langsam Zeit, sich auf die Rolle als Boss vorzubereiten. Wer der Boss war, machte sich nicht die Finger dreckig. Hatte er Schmuck je mit dreckigen Fingern gesehen? *No, Sir.* Der brachte es eher fertig, sogar seinem dummen Köter die Pfoten maniküren zu lassen.

Florins Karottenbirne leuchtete auf, als er, dicht gefolgt von Knister, mit der ersten Ladung Kartons aus der aufgebrochenen Tür trat.

»Hey!« Zoni legte ihm eine Hand auf die Schulter. »Seh ich da etwa Schweiß auf deiner Stirn?«

»Ist ziemlich warm da drin«, gab Florin mit brüchiger Stimme zurück.

»Klar. Bleib cool, Mann.«

Der Rotkopf nickte nervös und wartete, bis Knister seine erste Ladung abgeliefert hatte, dann verschwanden die beiden wieder im Innern des Supermarktes.

Es war eine Sache von Sekunden, die Kartons auf der offenen Ladefläche des Wagens zu sortieren. Nur sichergehen, dass das Zeug während der Fahrt nicht durch die Gegend schlitterte. Eigentlich Blödsinn, so ein kleiner Bruch, Kinderkram. Lohnte kaum den Aufwand, das hatte er Schmuck schon tausendmal zu erklären versucht. Aber der beharrte darauf, kleine Brötchen zu backen. Kleiner Bruch, kleines Risiko, lautete seine Devise.

Dieser dicke, feige Penner! Zoni spuckte durch die Zähne. Wenn er sich erst mal selbstständig machte, würden andere Dinger abgezogen. Richtig große Kisten, die einem den echten Kick verpassten. Sein Zeitplan stand fest: Ein Jahr, höchstens noch zwei würde er für Schmuck den Affen machen. Dann hätte er genug Knete zusammen, um sein eigenes Ding durchzuziehen. Knister würde mit von der Partie sein. Und der kleine Rumäne? Wenn der sich nicht völlig bescheuert anstellte, würde auch er dabei sein.

Wie die nächsten Minuten zeigten, stellte er sich gut an, sehr gut sogar. Knister konnte kaum mithalten, in solchem Tempo lieferte Florin Stapel um Stapel von Kartons ab. *Klong!*, dachte Zoni. *Klong, klong – man muss das Eisen schmieden, solange es heiß ist.* Er fand, er tat Florin einen echten Gefallen. Denn der Rotkopf war heiß, echt heiß darauf, bei ihnen mitzumischen. So heiß, dass ihm der Schweiß ausgebrochen war …

Schmuck hatte ihm abgekauft, dass er Florin mitmischen lassen wollte, damit für den obersten Herrn und Meister mehr Kohle rumkam. Wenn der Dicke auch nur ahnen würde, dass seine Helfershelfer schon nächstes Jahr abspringen würden, dass Zoni den Rotkopf für seine eigenen Zwecke in die Lehre nahm … Ahnte er aber nicht.

»Die fünf Minuten sind rum«, bemerkte Knister, als er und Florin mit sechs weiteren Kartons auf den Armen aus dem Lager traten.

»Okay, gebt her das Zeug und haut euch in die Karre. Bin gleich fertig, und dann nichts wie weg …«

Die letzten Kartons waren schnell verstaut. Eine Minute später jagte der Lieferwagen bereits wieder in Richtung Stadt. Zoni seufzte. Der beste Teil der Arbeit war vorbei. Heute Nacht musste nur noch die Ware am Pier verladen werden. Ein alter Schleppkahn, die *Krokus*, diente als Zwischenlager. Wer gab Schiffen solche Namen …? Morgen, übermorgen, weiß der Geier, wann, würden die Illegalen den Krempel dann verhökern. Er und Knister würden ihre Prozente von Schmuck erhalten. Und er würde dafür sorgen, dass auch für Florin etwas dabei heraussprang. Gerade so viel, dass der Geschmack, auf den er heute gekommen war, sich auch über die nächsten Tagen halten würde.

Aus dem Augenwinkel warf er einen kurzen Blick auf Florin. Der sah nach draußen, auf den dahinhuschenden Asphalt, der Kopf so rot wie seine Haare, und kaute nervös auf der Unterlippe. Zoni zündete sich eine Zigarette an. Keine Minute mehr, dann würde der kleine Rumäne ihn entweder bitten anzuhalten, weil er dringend pinkeln musste, oder er würde einfach lossprudeln, wie geil der Bruch gewesen war, wie cool er sich jetzt fühlte. So war es immer am Anfang, bei jedem. So war es auch bei ihm gewesen.

Irgendwo, in weiter Ferne, schlug die Sommerluft kleine Wellen, auf denen das Heulen einer Polizeisirene getragen wurde.

★

»Mach das nie wieder!« Asrat zog sich sein von der Arbeit verschmutztes T-Shirt über den Kopf. »Dir könnte sonst was passieren in der Stadt.«

»Ich wollte doch nur —«

»Ist mir egal, was du wolltest!« Er ließ das T-Shirt achtlos fallen. »Wir können es uns nicht leisten, dass du der Polizei auffällst. Ist das klar?«

»Ist klar«, sagte Efrem leise. Aus dem engen Bett heraus sah er zu, wie Asrat sich an dem kleinen Waschbecken wusch, das alle Männer im Zimmer benutzten.

Alles war so ungerecht! Lange nach Anbruch der Nacht waren die Männer von der Baustelle nach Hause gekommen. Da hatte er bereits fest geschlafen, trotz des nagenden Hungers, den die vor Stunden gegessenen Goldstäbchen nur für kurze Zeit zu besänftigen vermocht hatten. Eines der Essenspakete zu öffnen, die sich in der Zimmerecke stapelten, hatte er nicht gewagt, da er nicht sicher gewesen war, welches davon ihm und Asrat gehörte.

Als Asrat ihn schließlich geweckt hatte, war der wunderbare Duft, den er ihm aus der Stadt mitgebracht hatte, fast ganz verflogen gewesen. Nur noch eine schwache Ahnung davon hing in der Luft, als er seinem Bruder den Arm unter die Nase hielt.

»Woher?«, hatte Asrat gefragt.

Und auf Efrems Antwort hin hatte er ihn nur gescholten, dann hatten sie gemeinsam gegessen, schweigend und schlecht gelaunt. Und morgen würde Asrat wieder zur Baustelle fahren, ein weiterer einsamer Tag würde anbrechen. Bis dahin würde der schöne Duft endgültig verschwunden sein. Es war ungerecht!

Asrat rieb sich mit einem Handtuch trocken. Efrem rückte zur Seite, als sein großer Bruder sich wortlos neben ihn legte, dann kuschelte er sich an dessen warmen, festen Rücken.

Er lag noch immer wach, als Asrats tiefe Atemzüge längst eins geworden waren mit denen der anderen schlafenden Männer. Er dachte an die funkelnden Lichter der Stadt, an die verheißungsvollen Spielzeuge hinter den Schaufenstern. Vor diese Bilder schoben sich die Gesichter der zwei Frauen, die über ihn getuschelt hatten, die gehetzten Gesichter der Menschen, die wie vom Wind getriebene Blätter durch die Einkaufsstraße gelaufen waren. War das die Zukunft, von der sein Bruder gesprochen hatte?

Durch das weit geöffnete Fenster drang unwirklich laut das Geräusch eines näherkommenden Autos. Efrem horchte auf. Vor dem Hotel brummte der Motor ein letztes Mal und verstummte. Türen schlugen. Vorsichtig kletterte Efrem über Asrat hinweg aus dem Bett. Er ging ans Fenster, stellte sich auf die Zehenspitzen und sah nach draußen.

Das Hafenbecken lag dunkel, der Mond hielt sich hinter Wolken versteckt und spendete nur schwaches Licht. Es dauerte eine Weile, bis Efrem in dem Auto den Lieferwagen erkannte, mit dem Asrat und die anderen Männer heute Morgen zur Arbeit gefahren worden waren. Drei schemenhafte Figuren stiegen aus dem Führerhaus, gingen um den Wagen herum und machten sich an der Ladefläche zu schaffen. Kurz darauf wurde geräuschlos Karton um Karton über einen der Anlegestege getragen, die dem Pier entsprangen. Der Steg reichte weit in das alte Hafenbecken hinaus, beidseitig flankiert von zwei dickbauchigen Kuttern, die sich wie das vergessene Spielzeug eines Riesen unter dem Nachthimmel duckten; sein Ende verlor sich in der Dunkelheit.

Irgendwann flackerte ein Feuerzeug auf, dann glimmten die Spitzen zweier Zigaretten. Einige Minuten lang geschah nichts. Schließlich trudelten die Zigarettenkippen wie Glühwürmchen dem Boden entgegen, wo sie abrupt erloschen. Die Männer mussten sie ausgetreten haben.

Efrem trat vom Fenster zurück und krabbelte wieder ins Bett. Asrat wälzte sich mit einem Stöhnen auf den Rücken. Er hatte schon letzte Nacht im Schlaf gestöhnt und leise gewimmert. Efrem wusste, dass es böse Träume waren, die seinen Bruder plagten – sie setzten sich auf dessen Brust und Gesicht, ließen sein Herz erzittern und brachten den Atem zum Stillstand. Böse Träume …

Er wedelte mit einer Hand über Asrats Oberkörper und Mund, um die Träume zu verscheuchen. Zufrieden sah er, wie sie davonstoben, unförmige schwarze Vögel mit noch schwärzeren Schatten. Dann presste er sich mit dem Rücken gegen die Wand und überlegte, was die drei Gestalten dort unten auf dem Steg zu tun gehabt hatten. Was war es, das sie auf das alte Schiff verladen hatten, um es dort zu verstecken?

Efrem schloss die Augen. All das waren Fragen, auf die er morgen eine Antwort suchen konnte. Tagsüber gehörten der Vorplatz des Hotels, der Pier und die morschen alten Anlegestege den Kindern. Niemandem würde es auffallen, wenn er sich auf dem Steg etwas umsah. Niemandem. Wenigstens einmal würde es sich als Vorteil herausstellen, dass keiner sich für ihn interessierte.

5. Kapitel

»Du hast längere Beine als ich.« Ajoke zeigte nach unten, auf das im Sonnenlicht funkelnde Wasser, in dem nebeneinander ihre und Lenas nackte Füße baumelten. »Siehst du? Wir sitzen auf gleicher Höhe, aber deine Füße sind viel tiefer drin als meine.«

Lena grinste. »Wenn es hier Haie gäbe, wäre ich damit wohl das erste Opfer.«

Ajoke lehnte sich zurück. Dieser sonnenbeschienene Flecken am Ende des weit ins Hafenbecken hinausreichenden Steges gefiel ihr, trotz der links und rechts von ihnen aufragenden, verrosteten Schiffswände, trotz des allgegenwärtigen Drecks. Auf den alten, dicken Holzplanken lagen zertretene Zigarettenkippen, auf dem Wasser tanzten, zwischen allerlei anderem Unrat und Treibgut, unzählige zerdrückte Colabüchsen und Bierdosen. »Ich hab mal einen Hai gesehen«, sagte sie.

»Echt?«

»Ja, bei uns in Angola, an der Küste. Er war angeschwemmt worden, schon längst tot. Er hatte massenweise Zähne im Maul.«

»War er groß?«

Sie überlegte. »Ich war damals noch klein, vielleicht fand ich ihn deshalb so riesig. Ich weiß nicht, aber bestimmt so ungefähr … drei Meter?«

»Drei Meter?«, keuchte Lena. Sie zog hastig die Füße aus dem Wasser, als befürchte sie einen unmittelbar bevorstehenden Haiangriff.

Obwohl er viele Jahre zurücklag, erinnerte Ajoke sich gut an den Tag, an dem sie zum ersten Mal das Meer gesehen hatte. Da war der feine, weiße Sandstrand gewesen. Und dann diese leicht gewölbte Fläche von blauer Unendlichkeit, wo nichts sich zwischen den Blick des Betrachters und den Horizont schob. Klein war sie sich damals vorgekommen, ganz klein. Selbst der erschreckend große Hai war vor diesem Hintergrund nicht mehr gewesen als ein winziges Mosaiksteinchen im Gesamtbild der Welt. Es war der Tag gewesen, an dem sie sich in den Himmel und in das Meer verliebt hatte, in die unermessliche Weite und in die grenzenlose Freiheit, die beide versprachen.

»Das sind schon über zwanzig«, sagte Lena neben ihr. Sie hatte sich über den Pappkarton gebeugt, der zwischen ihnen auf dem Steg stand, und still die darin gesammelten Flaschen gezählt. »Wann bringst du die weg?«

»Morgen oder so«, sagte Ajoke. »Man kommt leicht auf dreißig oder vierzig. Da lohnt es sich, noch ein bisschen zu warten. Warum hilfst du mir nicht beim Einsammeln?«

»Würde ich ja.« Lena zog unwillig die Stirn kraus. »Aber meine Mutter ... Die will nicht, dass ich bei fremden Leuten herumspringe.«

»Ihr seid doch jetzt schon fast eine Woche hier. Da müsste sie eigentlich langsam gemerkt haben, dass dich niemand aus dem Hotel beißt.«

Lena sah über das Wasser hinweg in die Ferne. »Kannst ja mal versuchen, ihr das zu erklären. Die traut sich doch kaum aus unserem blöden Zimmer raus.«

Ajoke zuckte die Achseln, mehr aus Hilflosigkeit denn aus Gleichmut. Ihre Eltern hatten keine Einwände dagegen, dass sie regelmäßig leere Flaschen sammelte, es war eine gute Einnahmequelle. Viele der Männer im Hotel tranken, und einige von ihnen waren zu bequem, die leeren Flaschen zurück in die Stadt zu bringen und das dafür bezahlte Pfand einzulösen. Das überließen sie gutwillig Ajoke, die das Geld in Vanilleeis oder in Bücher aus zweiter Hand investierte.

Oder in ein paar neue Glasperlen, dachte sie jetzt. Ihr war längst aufgefallen, wie oft Lena ihre Zöpfe musterte. Und Lena selbst hatte wunderbar lange, blonde Haare ... Ja, sie würde sie mit ein paar bunten Glasperlen überraschen. Und sie würde Mama darum bitten, ihrer neuen Freundin Zöpfe zu flechten. Was Mama schon allein deshalb gerne tun würde, weil sie froh war, dass Ajoke endlich eine Freundin gefunden hatte.

Ein Vibrieren ging durch die hölzernen Bohlen. Sie

wandte sich um. »Knister und Florin«, murmelte sie, als sie sah, wer den Steg betreten hatte und auf sie zukam. »Auch das noch.«

Lena hatte sich ebenfalls umgewandt und sah den Jungen entgegen. »Was wollen die hier?«

»Keine Ahnung.«

Sie überlegte, ob sie aufstehen sollte, und entschied sich dagegen. Sie hatte keinesfalls die Absicht, sich von hier vertreiben zu lassen. Wenigstens nicht sofort. In den meisten Fällen bedeutete Knisters Auftauchen Ärger. Alle Kinder hassten ihn. Allerdings war er harmloser, wenn Zoni ihm nicht den Rücken stärkte.

Als er noch zwei Schritte von ihnen entfernt war, blieb er stehen, breitbeinig und mit verschränkten Armen. Florin tat es ihm gleich, was lächerlich aussah, weil es nicht zu ihm passte. »Was treibt ihr hier?«, schnarrte Knister.

»Siehst du doch«, sagte Ajoke langsam. »Wir lassen die Füße ins Wasser hängen. Ist das verboten?«

Knister beugte sich zu ihr herab – was ungefähr so aussah, als falte sich ein Klappstuhl zusammen – und flüsterte drohend: »Verpisst euch!«

Sie hörte, wie neben ihr Lena scharf Luft einsog. Was entweder bedeutete, dass sie an solche Kraftausdrücke nicht gewöhnt war, oder aber –

»Verpiss dich selbst«, fauchte Lena. »Oder ist das hier dein Privatbesitz?«

»Jaaa«, gab Knister gedehnt zurück.

»Tatsächlich?« Lena schenkte ihm so ein Lächeln, so falsch, dass Milch davon sauer geworden wäre. »Dann solltest du ab und zu diesen Dreck wegräumen, der hier überall herumfliegt.«

»Hatte ich gerade vor«, sagte Knister ruhig. »Und mit dir und der Schokotante wollte ich anfangen.« Er zeigte auf den Karton mit den Pfandflaschen. »Was ist das?«

»Siehst du doch, Verwandte von dir«, schnappte Ajoke. »Flaschen – *meine* Flaschen, also komm gar nicht erst auf die Idee, deine langen Finger danach auszustrecken!«

»*Diese* langen Finger?« Knister schnalzte mit der Zunge und wedelte ihr mit einer Hand vor dem Gesicht herum. »Sieh sie dir an, Mohrenkopf, die machen einfach, was sie wollen ...«

Er ging in die Hocke und griff in den Karton. Sonnenlicht brach sich auf braunem Glas, als eine der Flaschen durch die Luft wirbelte, um dann mit einem kleinen Platscher auf dem Wasser aufzuschlagen.

»Hey!« Lena schnellte wie eine Stahlfeder nach oben. In der nächsten Sekunde stand sie Knister gegenüber. Sie war einen ganzen Kopf kleiner als er. »Lass das gefälligst, ja?«

Mit einem grimmigen Lächeln trat Knister dicht an sie heran. Ajokes Magen krampfte sich zusammen. Sie waren weit genug gegangen. Typen wie Knister die Stirn zu bieten war riskant genug, doch im Zweifelsfall gab es nur eines: sich so schnell wie möglich aus dem Staub zu machen.

Ihr fiel auf, dass Florin sich zurückhielt. Er beobachtete

lediglich, schätzte die Lage ein. Ihrem Blick wich er aus. Sie waren nie Freunde gewesen; eigentlich kannten sie einander nur vom Sehen. Was war in ihn gefahren, dass er sich mit einem Widerling wie Knister abgab?

»Zieht ab, verstanden?« Knister versetzte Lena einen Schubs gegen die Schulter. Sie wich nicht von der Stelle. »Ich sag das nicht noch einmal!«

»Du kannst mich«, gab Lena ruhig zurück.

Ihr Mut wirkte ansteckend – jedenfalls so lange, bis Ajoke gleichfalls aufgestanden war und sich Auge in Auge mit Knister wiederfand, der sie mit einem Blick bedachte, als wolle er im nächsten Moment mit bloßen Händen Weihnachtsplätzchen aus ihr herausstanzen. Etwas schwankte, sie wusste nicht, ob es der Steg war oder ihre wackeligen Beine.

Gleich knallt's, schoss es ihr durch den Kopf. *O Scheiße, Lena!*

Doch bevor die Welt untergehen konnte, geschah etwas gänzlich Unerwartetes. Mit einem schmerzhaften Aufschrei stolperte Florin einen Schritt nach vorn. Bevor Ajoke – oder irgendwer sonst – überhaupt begreifen konnte, was geschah, brüllte er ein zweites Mal auf.

Auf dem Pier, am Ende des Holzstegs, stand der kleine schwarze Junge, der ihr in den letzten Tagen schon öfter aufgefallen war, weil er sich abseits aller anderen Kinder hielt. Ein Neuzugang, allein, ein Einzelgänger. Jetzt warf er mit Steinen. Zielsicher, wie sie feststellte – ein dritter Stein verfehlte Florin nur deshalb, weil der, ebenso wie Knister, herumgewirbelt war und sich duckte, als das Geschoss ihm entgegenflog.

»Den schnappen wir uns!« Knisters Stimme überschlug sich vor Wut, schlug einen doppelten Salto in der Luft. Im nächsten Augenblick stürmten er und Florin über den Steg auf den Jungen zu. Der drehte sich um und hastete in Richtung Hotel davon.

»Wenn die den Kleinen erwischen, machen sie Hackfleisch aus ihm!« Lena hatte sich bereits in Bewegung gesetzt. »Komm schon, hinterher!«

Der Holzsteg polterte und schwankte unter ihren schnellen Schritten. Sie schossen auf den Pier, vorbei an mehreren verdutzt dreinblickenden Kindern, und stürmten dem Paradies entgegen. Der kleine Junge hatte einen Vorsprung. Er verschwand im Eingang zur Empfangshalle des Hotels. Doch Knister und Florin waren ihm dicht auf den Fersen; sie waren schneller als der Kleine, hatten die längeren Beine, die größere Ausdauer.

Plötzlich, wie aus der Luft gewachsen, stand Frau Bündisch im Hoteleingang, ein blendender Racheengel in ihrer weißen Schwesterntracht, und versperrte Knister und Florin den Weg. Sie ergriff ihren Sohn, hielt ihn am Arm fest und schnaubte etwas in ihrer Landessprache.

In sicherem Abstand blieb Ajoke neben Lena stehen, keuchend und nach Luft ringend.

»Kleine Kinder verfolgen und in Angst versetzen – ihr

solltet euch schämen!«, schrie Frau Bündisch jetzt Knister an. Dann wandte sie sich wieder an Florin. »Du kommst mit nach oben! Ich will mit dir reden.«

Sie verschwand mit ihrem Sohn im Hoteleingang. Knister drehte sich zu den beiden Mädchen um. Aus zusammengekniffenen Augen warf er Lena einen hasserfüllten Blick zu. »Wir sehen uns noch«, zischte er.

»Schön, bring Blumen mit!«, rief Lena ihm nach, als er in Richtung Pier davonstakste. Er drehte sich nicht einmal mehr um.

»Dem hast du es ganz schön gezeigt«, sagte Ajoke bewundernd. Sie begann zu kichern. Lena war wirklich nicht auf den Mund gefallen, und sie war verdammt mutig. Wahrscheinlich hätte es ihr auch nichts ausgemacht, sich auf eine Prügelei mit Knister einzulassen.

»In meiner Schule gibt's haufenweise solche Typen«, gab Lena achselzuckend zurück. »Die haben nur so lange eine große Klappe, wie sie im Rudel auftreten.«

»Du solltest dich trotzdem vor ihm in Acht nehmen. Besonders, wenn er mit Zoni unterwegs ist.«

Lena nickte. Sie strich sich eine Haarsträhne aus dem Gesicht. »Wer war der Knirps, der mit den Steinen geworfen hat?«

»Weiß nicht. Der springt erst seit einer Woche oder so hier herum.« Ajoke sah an der Fassade des Hotels empor. »Ich glaube, er hat keine Freunde.«

»Jetzt hat er welche.« Lena wandte sich dem Hafenbecken zu und deutete auf den Holzsteg, an dessen Ende der Pappkarton mit den Pfandflaschen stand. »Was machen wir jetzt? Willst du noch ein bisschen sammeln?«

»Heute nicht mehr«, sagte Ajoke. »Lass uns den Karton holen und dann in die Küche gehen. Ich hab Hunger.«

★

Florin saß auf dem kleinen, abgewetzten Sofa, das unter dem Gewicht einer Million darüber verteilter Plüschkissen früher oder später noch zusammenbrechen würde. Sein Rücken schmerzte, wo dieser verdammte Hosenscheißer ihn mit den Steinen getroffen hatte – oberhalb des linken Schulterblatts und knapp über den Lendenwirbeln.

»Was war los?«, wollte seine Mutter wissen. Sie stand am Waschbecken und wusch sich die Hände. Zwanghaft war das bei ihr, diese Händewascherei. Berufskrankheit.

»Gar nichts war los.«

Dieses Verhör hatte er nur Knister zu verdanken. Der litt unter Verfolgungswahn. Wer sonst wäre auf die Idee gekommen, Ajoke und die Blonde könnten, nur weil sie neben der *Krokus* mit dem darin versteckten Diebesgut auf dem Steg hockten, eine Gefahr darstellen? Das Zeug lag seit Tagen auf dem Kutter, neben anderem geklauten Krempel, der sich schon seit Wochen und Monaten dort befinden musste.

»Nun komm schon! Ich habe gesehen, wie du hinter dem kleinen Jungen hergelaufen bist.«

»Na und? Er hat mich mit Steinen beworfen«, verteidigte sich Florin. In Gedanken verfluchte er den schwarzen Zwerg, der den Ritter in der Not für die beiden blöden Weiber gespielt hatte.

»Und du warst mit Knister zusammen.«

»Er ist mein Freund. Ist es verboten, Freunde zu haben?«

»Schöne Freunde – Knister und Zoni!« Sie hatte sich die Hände abgetrocknet. Jetzt zog sie ihren Schwesternkittel aus und hängte ihn ordentlich auf einen Kleiderbügel. »Jeder im Haus weiß, dass sie die Drecksarbeit für Schmuck erledigen, diesen Verbrecher.«

»Wenn du so genau weißt, dass er ein Verbrecher ist, warum gehst du dann nicht zur Polizei? Warum zeigst du Schmuck nicht an?«

»Weil Schweine wie der sich aus jedem Dreck rauswühlen können«, sagte sie ruhig. »Und weil niemandem hier im Haus damit gedient wäre. Denk doch nur mal an die Illegalen.«

»Warum? Das tut hier doch sonst auch keiner.«

»Das stimmt nicht«, sagte seine Mutter.

Sie trat wieder ans Waschbecken, ergriff ihre Bürste und begann sich damit durch die Haare zu fahren. Hundert Striche, das wusste Florin. Genau hundert Striche, sie zählte sie leise mit und sah dabei in den Spiegel.

»Eins, zwei, drei ...«

Man konnte ihr beim Älterwerden zusehen. Vor einem Jahr waren die grauen Strähnen in ihren Haaren noch nicht vorhanden gewesen. Auch nicht dieser tief eingegrabene Zug um ihre Mundwinkel, von dem Florin nicht wusste, ob er Unzufriedenheit, Resignation oder einer Mischung aus beidem entsprang.

»… siebzehn, achtzehn …«, flüsterten ihre Lippen.

Und immer sah sie müde aus, müde, müde, müde … Rackerte sich ab in diesem Krankenhaus, Nacht für Nacht. Wischte die Ärsche wildfremder Menschen sauber, versorgte deren stinkende, eitrige Wunden, wischte ihnen den Speichel von den sabbernden Lippen … und schließlich drückte sie ihnen die Augen zu, wenn sie tot waren. Was war das für ein Leben, in dem nur Krankheit und Schmerz und Tod einen Platz hatten? Das hatte er nie verstanden, und das würde er auch nie verstehen, weil er es nicht verstehen wollte.

»… dreiundvierzig, vierundvierzig …«

Am liebsten hätte er sich seiner Mutter anvertraut, hätte ihr gesagt, dass es andere Möglichkeiten gab, an Geld zu kommen. Was war schon dabei, den Reichen von ihrem Reichtum etwas zu nehmen? Wem schadete man damit außer denen, die diesen Schaden verkraften konnten?

Er kannte ihre Antwort. Da ging es um Dinge wie Regeln und Gesetze, um Ehrlichkeit und Vertrauen, auf die jeder Mensch setzen musste, wenn er sein Leben nicht in ständiger Unsicherheit und Furcht verbringen wollte. Seine Mutter hatte all das kennengelernt: die Angst vor Lüge und Verrat, vor Gefängnis und Folter. Doch das war in Rumänien gewesen, nicht hier. In einem anderen Land, zu einer anderen Zeit. In einem anderen, von ihm längst vergessenen Leben …

»… siebenundsiebzig, achtundsiebzig …«

Und dennoch wusste er, tief in seinem Inneren, dass seine Mutter recht hatte. Dass es letztlich nicht darum ging, ob den Reichen etwas genommen wurde, das sie entbehren konnten, sondern darum, dass man *Unrecht* tat. Unrecht, das war wie der Krebs, den seine Mutter im Krankenhaus bekämpfte – es wuchs und wucherte, wenn es erst einmal Fuß gefasst hatte, es wurde groß und größer. Es kannte keine Grenzen, es machte vor nichts halt. Was heute ein kleiner Diebstahl war, konnte schon morgen ein großer Einbruch sein, dann ein Überfall, dann sonst was. Florin schluckte, als ihm bewusst wurde, wie weit er mit dem Einbruch in den Supermarkt bereits gegangen war.

»Ich wünschte, du würdest dich mehr um dich selbst kümmern.« Seine Mutter legte die Bürste auf dem Waschbeckenrand ab, sah in den Spiegel und suchte darin den Kontakt zu seinen Augen. »Du hast mir schon vor Wochen versprochen, dich um eine Lehrstelle zu bemühen.«

»Gar nichts hab ich versprochen!«, erwiderte er heftig. Verdammt, sie hatte es so gut raus, ihn auf die Palme zu bringen! »Und ohne Arbeitserlaubnis kann ich eine Lehrstelle sowieso vergessen. Als Asylbewerber darf ich nicht arbeiten.«

»Du bist kein Asylbewerber!« Das war ihr wunder

Punkt. Dass er ihn jetzt absichtlich berührte, um sie zu verletzen, hatte sie ganz allein sich selbst zuzuschreiben.

»Du bist Deutscher!«

»Ja, klar ...«, schnaubte Florin verächtlich. »Wenn du beweisen kannst, dass ich einen deutschen Vater habe. Das wird nie klappen! Das geht doch schon ewig hin und her, dieses Gerangel mit den Ämtern, nur weil du nicht beweisen kannst, dass du es mit einem ...«

Sie wirbelte herum, legte die wenigen Schritte zum Sofa in Lichtgeschwindigkeit zurück. Der Schlag mit der flachen Hand ließ seine linke Gesichtshälfte auflodern wie unter einem sengenden Feuer. »Nicht in diesem Ton, Florin!«, zischte sie. »Nicht in diesem Ton! Haben wir uns verstanden?«

Er presste eine Hand auf die brennende Wange und kniff die Augen zusammen, um die darin aufsteigenden Tränen zurückzudrängen. Ob er sie verstanden hatte? Das war eine gute Frage. Wirklich eine verdammt gute Frage ...

★

Lena mochte die große Gemeinschaftsküche im ersten Stock des Hotels nicht. Schmucklose, blassgelb getünchte Wände, tiefe Waschbecken aus dickem, von haarfeinen Rissen durchzogenem Porzellan, etwa zwanzig kleine Elektrokochplatten – all das, in Verbindung mit dem nüchternen, schwarz-weiß gekachelten Fußboden, hatte nichts mit dem zu tun, was in ihrer Erinnerung eine *richtige* Küche ausmachte. Doch mehr als das störte sie die seltsame Atmosphäre, die hier herrschte.

Das Zentrum der Küche wurde von einem gewaltigen, mit Tausenden von Kerben übersäten Holztisch eingenommen. Sieben oder acht Leute waren gerade daran zugange, kneteten Teig, zerschnitten Fleisch, zerteilten Fisch oder putzten emsig ganze Berge von Gemüse. Ein kleiner Asiat war darunter, außerdem zwei Schwarze; die anderen Männer und Frauen waren mehr oder weniger dunkelhäutig. Sie verrichteten ihre Arbeit schweigend, jeder und jede mehr oder weniger allein für sich. Unterhaltungen fanden nicht statt.

Lena hatte festgestellt, dass weniger ihre Herkunft als solche, sondern ihre unterschiedlichen Sprachen die Menschen im Paradies daran hinderte, miteinander zu reden. Kommunikation beschränkte sich weitgehend auf Gesten und Mimik, auf das Zeigen und Deuten mit Fingern, auf ein Nicken, ein Kopfschütteln, eine gerümpfte Nase. Nur dann und wann schwirrte ein deutsches oder englisches Wort durch die Luft wie ein verirrter Pingpongball, meist gefolgt von freundlichem Lachen. Doch auch das freundlichste Lachen reichte nicht aus, Lena das bedrückende Gefühl zu nehmen, eine Fremde unter Fremden zu sein, als unfreiwilliger Gast in diesem Hotel ein Leben auf Abruf zu führen. Sie gehörte einfach nicht hierher.

Ajoke schien solche Gedanken nicht zu kennen. Sie sprang, wirbelte und jonglierte herum, als sei die Küche eine Zirkusarena und das Kochen von Hühnereintopf mit Reis eine Zaubernummer. Der Trick, erkannte Lena schnell, bestand darin, einen leeren Topf mit Zutaten zu füllen, die man Sekunden zuvor noch nicht besessen hatte.

»Bekomme ich ein Stück davon, Thamina?«, fragte Ajoke eine dicke, bunt gekleidete Frau, die gerade ein Hähnchen mit Gewürzen einrieb.

Die Frau lachte und schlug mit einem schweren Messer einen Hühnerschenkel von dem Geflügel ab, so präzise, als sei sie, wo auch immer sie herkam, von Beruf Metzgerin gewesen. Der Schenkel landete in dem Topf, mit dem Ajoke bereits mehrfach um den Tisch und von Kochstelle zu Kochstelle gelaufen war, um hier ein wenig Reis, dort ein paar geschnittene Zwiebeln und geschälte Karotten zu erbetteln. Sie war nirgends abgewiesen worden – jeder hier schien sie zu kennen und zu mögen, was Lena nicht weiter erstaunte. Ajoke verströmte Wärme und Zuneigung wie ein zuverlässiger kleiner Radiator im kältesten Winter, ihr Lachen und ihre gute Laune wirkten ansteckend.

»Fertig, Lena«, rief sie triumphierend. »Jetzt müssen wir das ganze nur noch aufkochen!«

Sie füllte Wasser in den Topf, stellte ihn auf eine freie Kochplatte, holte einen Holzlöffel und begann, den Inhalt damit umzurühren. »Es reicht für mehr als nur für uns beide«, sagte sie. »Wir könnten deiner Mutter etwas davon bringen.«

»Gute Idee«, erwiderte Lena halbherzig. Wahrscheinlich würden sie den Hühnerschenkel mit Schlaftabletten spicken müssen, damit ihre Mutter davon aß. Andererseits war der Eintopf ein besseres Essen als die Diät aus Spaghetti mit Tomatensoße, von der sie sich seit Tagen ernährten. Vielleicht sollte sie bei Ajoke ein paar Stunden Kochunterricht nehmen.

Ajoke zog den Holzlöffel aus der Soße und leckte ihn ab. »Gut«, entschied sie mit verzücktem Augenrollen. »Jetzt brauchen wir nur noch etwas Brot.«

Sie sah sich suchend um und ging dann zu einem dunkelhäutigen Mann, der aus einem feinen Teig dünne Fladen buk – nicht in einer Pfanne, wie Lena überrascht feststellte, sondern direkt auf der Herdplatte. Heller, appetitlich dampfender Rauch stieg kräuselnd nach oben, eine stattliche Anzahl fertiger Fladen stapelte sich bereits auf einem neben dem Herd stehenden Teller.

»Sind das Chapati?«, fragte Ajoke.

Der dunkelhäutige Mann schüttelte den Kopf. »Nix Chapati. Chapati mit Öll. Das Roti aus Pakistan!« Lächelnd hielt er der strahlenden Ajoke den Teller entgegen, die ausgiebig von dem Angebot Gebrauch machte und gleich fünf der dampfend warmen Fladen davon herunternahm.

»Du auch!«

Der Pakistani zeigte auf Lena. Von einem auf den anderen Moment war sie verunsichert. Wie sollte sie ihm begreiflich machen, dass Ajoke schon genug Fladen für sie zusammen genommen hatte?

»Äh ... enough!«, versuchte sie es mit Englisch. Was der Mann mit einem freundlichen Nicken zur Kenntnis nahm, um ihr dann trotzdem weiter mit dem Teller unter der Nase herumzufuhrwerken.

»Du musst einen nehmen«, sagte Ajoke, bereits auf einem der Fladen kauend. »Ghulam ist beleidigt, wenn du es nicht tust.«

»Warum?«

»Weil das eben so ist. Gastfreundschaft und so.« Ajoke kaute und schluckte. »Mann, sind die lecker ...«

»Roti«, wiederholte der Pakistani namens Ghulam mit einem auffordernden Nicken.

Lena kapitulierte. Sie ergriff einen der Fladen und biss versuchsweise hinein. Das Brot war unerwartet weich und ... es schmeckte wunderbar! Sie lächelte Ghulam dankbar zu. Der lächelte zurück, in seinen Augenwinkeln erschienen tausend kleine Falten. Anscheinend merkte er gar nicht, dass aus seinen Ohren plötzlich dunkler Rauch aufstieg, der ...

Nein, nicht aus seinen Ohren, der Rauch kam von der Herdplatte! Lena wollte eine Warnung ausrufen und verschluckte sich, hustete, keuchte, rang verzweifelt nach Luft. Im Nu war sie von wohlwollenden Menschen umzingelt, die ihr so heftig auf dem Rücken herumklopften, dass sie unter den gut gemeinten Schlägen beinahe zu Boden gegangen wäre. Als sie endlich wieder zu Atem kam, japsend und keuchend, zeigte sie auf die Herdplatte. Alle drehten sich um.

»Burning Roti«, sagte der Fladenbäcker trocken. Er faltete die Hände und sah andächtig dem der Küchendecke entgegensteigenden Rauch zu.

Lena konnte nicht anders, sie musste lachen. Alle brachen in Lachen aus: Ajoke, Ghulam, Thamina, die anderen Leute in der Küche. Es war ein Lachen, das sich nicht abstellen ließ, vielleicht, weil niemand es abstellen wollte, und je länger sie alle einträchtig vor dem immer dunkler qualmenden Fladen standen, umso heftiger wurde es, bis Lena schließlich Tränen die Wangen herabliefen.

Im Nachhinein erschien es ihr, als sei Schmuck aufgetaucht und wieder verschwunden wie ein Phantom oder wie einer dieser kleinen Springteufel, die einem unvermutet aus einer frisch geöffneten Schachtel entgegenhopsen. Wo noch eben ein leerer Platz im Raum gewesen war, stand plötzlich der Hotelbesitzer, wie gewöhnlich begleitet von seinem riesenhaften, hechelnden Hund.

»Das da hört auf!« Mit vor Wut gerötetem Kopf zeigte Schmuck auf die qualmende Herdplatte und das halb verkohlte Fladenbrot. »Wie oft hab ich euch schon gesagt, dass ihr zum Kochen von eurem Hottentottenfraß Töpfe und Pfannen benutzen sollt?«

Ghulam war bei den rüde herausgeblafften Worten zusammengezuckt. Eilfertig kratzte er mit einem Messer den verbrannten Fladen von der Herdplatte. Lena sah ihm nur kurz dabei zu. Als sie sich, in Erwartung eines weiteren abfälligen Kommentars des Hotelbesitzers, umdrehte, war Schmuck schon wieder verschwunden. Und wie von Zauberhand bewegt stand plötzlich jeder wieder dort, wo er sich vor ihrem Hustenanfall befunden hatte. Bedrückende Stille hatte sich über die Küche gesenkt.

»So ein Widerling!«, stieß sie aus.

»Man gewöhnt sich dran.« Ajoke hatte, unbeeindruckt von Schmucks geisterhaftem Auftritt, bereits in den nächsten Fladen gebissen und sprach mit vollem Mund. »Weißt du, der Typ ist eben einfach so. Und was der erzählt, versteht hier doch sowieso niemand. Das geht ins linke Ohr rein, zum rechten wieder raus … oder umgekehrt.« Zufrieden leckte sie sich die Finger ab.

Es war typisch für Ajoke, sich so leicht mit dem Auftritt des fetten Ekelpaketes abfinden zu können, es auf die leichte Schulter zu nehmen. Und wahrscheinlich hatte sie recht. Wahrscheinlich sollte man Schmuck und seinen abfälligen Bemerkungen einfach keine Beachtung schenken. Dennoch merkte Lena, wie alles in ihr sich dagegen sträubte, diesem Kerl seine Beleidigungen einfach durchgehen zu lassen. Er behandelte die Menschen hier wie Dreck. Warum führte er das Hotel überhaupt, wenn er dessen Bewohner so sehr verabscheute?

★

Lenas Mutter tat Ajoke leid. Sie hatte ihr Heim verloren, ihren Beruf und ihren Mann – ihren festen Platz in der Zeit, wie Ajokes Vater es einmal beschrieben hatte. Von heute auf morgen hatte das Leben sie aus der Zeit entlassen, hatte ihr den Halt genommen, und jetzt befand sie sich im freien Fall und fürchtete sich in jeder Minute vor dem Aufschlag.

Womit sie das Schicksal aller Bewohner teilte, die das Paradies in sich versammelte. Ajoke erinnerte sich gut daran, wie ihre eigene Mutter vor drei Jahren ausgesehen hatte, als sie aus Angola nach Deutschland kamen. Der gleiche abwesende Blick, die gleiche aus jeder kleinsten Geste sprechende Verlorenheit und Angst vor einer ungewissen Zukunft. Ein ganzes Jahr war vergangen, bis ihre Mutter wieder Hoffnung geschöpft hatte. Und es gab Menschen hier im Hotel, die noch länger dafür brauchten oder denen das nie gelang. Ihre Herzen waren von einem tiefen Schatten verdunkelt, der nicht mehr weichen wollte.

O ja, sie verstand nur zu gut, warum Lenas Mutter sich elend fühlte. Was sie nicht verstand, war die anscheinend feste Entschlossenheit dieser Frau, sich in ihrem Elend und Unglück einzurichten und um keinen Preis der Welt aus irgendetwas Freude schöpfen zu wollen. Aus einem guten Teller dampfender Hühnersuppe zum Beispiel.

»Ich habe keinen Hunger«, sagte Frau Behrend nun schon zum zweiten Mal. Sie stand vor ihrem Bett, drei

Meter von dem Tisch entfernt, den Lena liebevoll gedeckt hatte: Teller, Fladenbrot, Löffel.

»Hast du doch!«, erwiderte Lena.

»Woher willst du das wissen?«

Es war einfacher, Ibe und Juaila zum Essen zu überreden, als diese störrische, erwachsene Frau, dachte Ajoke. Dabei duftete die Suppe einfach köstlich!

»Du hast doch nicht mal ordentlich gefrühstückt«, sagte Lena. »Und überhaupt …« Sie machte eine schwache Handbewegung und biss sich auf die Unterlippe.

Wahrscheinlich, überlegte Ajoke, war ihr die Aufmachung ihrer Mutter peinlich. Frau Behrend trug einen geblümten Morgenmantel und hatte sich offensichtlich heute noch nicht die Mühe gemacht, ihre Haare zu bürsten. Ihr Bett war zerwühlt, auf dem Nachttisch daneben stand ein überquellender Aschenbecher. All das war Ajoke völlig gleichgültig. Äußerlichkeiten waren trügerisch. Man musste nur Frau Behrend mit ihrer Tochter vergleichen. Auf den ersten Blick sah sie Lena sehr ähnlich – die gleichen schmalen Gesichtszüge, die gleiche Haarfarbe – aber irgendwo war da ein gewichtiger Unterschied, der nicht sofort ins Auge fiel.

»Nun mach schon.« Lena verschränkte die Arme, als wolle sie signalisieren, dass sie nötigenfalls den ganzen Tag warten würde. »Du kannst schließlich nicht nur von Zigaretten leben.«

Ihre Mutter reagierte nicht. Nur ihre Augen huschten

über den Tisch, den Teller und das Fladenbrot, dann zu Lena, und von Lena zu Ajoke, die sie jetzt zum ersten Mal wirklich wahrzunehmen schien. »Und wer ist das?«, fragte sie.

»Ajoke«, antwortete Lena knapp. »Ich hab dir doch schon vor ihr erzählt.«

Es war nicht das Aussehen, entschied Ajoke. Lena war entschlossener als ihre Mutter, das war der Unterschied. Aus jeder ihrer Bewegungen sprach eine Selbstsicherheit, die ihrer Mutter gänzlich fehlte. Lena war wie ein fest im Boden verwurzelter Baum, der Wind und Wetter gleichmütig ertrug. So hatte sie vor einer Stunde Knister gegenübergestanden, und so stand sie jetzt vor ihrer Mutter. Frau Behrend wirkte neben ihrer Tochter wie ein Vogel aus empfindlichem Kristall. Sie konnte ihre Flügel nicht bewegen, ohne sie dabei zu zerbrechen.

»Du könntest wenigstens fragen, bevor du Besuch anschleppst«, murrte sie jetzt.

»Willst du nun was essen oder nicht?«

Endlich setzte Lenas Mutter sich an den Tisch, machte aber keine Anstalten, den Löffel in die Hand zu nehmen. Über die dampfende Suppe hinweg fasste sie den ungebetenen Gast misstrauisch ins Auge. Ihr Blick war so intensiv, so *geringschätzend*, dass Ajoke sich am liebsten abgewandt hätte.

Sie fühlte Wut in sich aufsteigen. Woher nahm diese Frau das Recht, sie so anzustarren, als sei sie ein exotisches, aus dem Zoo entlaufenes Tier? Herausfordernd hob sie das Kinn und hielt dem brennenden Blick stand – so lange, bis Lenas Mutter genug von diesem Spiel hatte und es mit wenigen gezielten Sätzen beendete. Sie zeigte auf die Suppe.

»Ist das irgendwas Ausländisches?«

»Es ist stinknormaler Hühnereintopf«, gab Lena zurück.

»Und in fünf Minuten ist es *kalter* Hühnereintopf.«

»Wer hat das gekocht? Du und deine … Freundin?«

»Genau«, sagte Lena. In ihren Augen funkelte Streitlust. »Ich und meine Freundin.«

»Kann die überhaupt Deutsch?«

Lena schoss die Schamesröte ins Gesicht. Um die Mundwinkel ihrer Mutter zuckte ein befriedigtes Grinsen. *Okay*, dachte Ajoke, *das war es dann.* Der Kristallvogel hatte unvermutet seine Krallen gezeigt, das Maß war voll. Wenn Frau Behrend meinte, sie beleidigen zu müssen, hatte sie selbst auch das Recht, sich zur Wehr zu setzen.

»Ich glaube, ich beherrsche die deutsche Sprache ganz gut.« Ajoke zeigte auf den Teller. »Und das da war übrigens ein deutsches Huhn. Sie können es also ruhig essen. Guten Appetit!«

Abrupt drehte sie sich um und marschierte erhobenen Hauptes aus dem Zimmer. Hinter ihr fiel die Tür ins Schloss. Doch die Türen und Wände im Paradies waren dünn. Lenas lautes, empörtes Schimpfen hörte man garantiert auf allen sechs Stockwerken.

6. Kapitel

»Es wird nicht lange dauern«, sagte Asrat. »Warte auf mich, hier oder draußen, ich finde dich schon.« Er zwinkerte Efrem aufmunternd zu, bevor er tief Luft holte und im Büro des Hotelbesitzers verschwand.

Nervös trat Efrem von einem Fuß auf den anderen. Er war mindestens ebenso aufgeregt wie sein großer Bruder. Viele Tage hatte Asrat jetzt auf der Baustelle gearbeitet, und heute würde er sein erstes selbstverdientes Geld erhalten. Danach, das hatte er ihm versprochen, würden sie gemeinsam in die Stadt gehen. Sie würden die Goldstäbchen mit der roten Soße essen, von denen Asrat sagte, dass sie *Pomfrits* hießen.

Die Eingangshalle war wie leer gefegt, bis auf einen Mann, der kurz zuvor aufgeregt aus Schmucks Büro gestürmt war und jetzt den Münzfernsprecher in der Ecke benutzte. Er rief etwas ins Telefon. Efrem entschied, draußen auf Asrat zu warten. Der Tag war hell und blau, zu schön, um ihn ungenutzt in dieser düsteren Halle verstreichen zu lassen. Oder in dem Zimmer, aus dem selbst bei weit geöffnetem Fenster der Geruch der still darin brütenden Männer nie ganz weichen wollte. Es war ein seltsamer Geruch, eine Mischung aus Seife, saurem Schweiß und Hoffnungslosigkeit. Es war der Geruch aussichtslosen Wartens.

Efrem trat aus dem Hotel hinaus in die Sonne. Langsam, sehr langsam schlenderte er auf den großen alten Lagerschuppen zu, der sich zwischen Hotel und Hafenbecken erhob wie ein vom Himmel gefallener Bauklotz. Im Schatten dieses Schuppens hielt er sich jetzt täglich auf, um auf den Abend und auf Asrat zu warten. Langweilig wurde ihm dabei nie. Er konnte Stunden damit verbringen, sich in Gedanken auszumalen, wie die Welt für ihn und seinen Bruder aussehen würde, wenn sie beide erst reich waren.

Wie üblich spielten am Pier die anderen Kinder. Sie sahen ihn nicht. Sie sahen ihn nicht, weil er nicht wollte, dass sie ihn bemerkten. Innerhalb weniger Tage hatte er gelernt, wie man sich unauffällig macht und klein, noch kleiner, als er ohnehin schon war. Wenn man sich langsam bewegte, fiel man nicht auf. Bewegte man sich überhaupt nicht, konnte man mit der Umgebung verschmelzen. Beides war wichtig, wenn man Ärger aus dem Weg gehen wollte.

Ärger mit Knister und Florin zum Beispiel. Efrem sah sich vorsichtig um. Keiner der beiden Jungen war zu sehen. Das war gut so. Vielleicht war er zu weit gegangen, als er sie gestern am Pier mit Steinen beworfen hatte. Vielleicht würden sie sich dafür an ihm rächen wollen. Aber sie hatten es auf Lena und Ajoke abgesehen gehabt. Und er mochte die Mädchen. Er beobachtete sie jeden Tag, sie sahen so nett aus.

Ajoke und Lena.

Inzwischen kannte er ihre Namen. Und noch viele mehr. Namen aus den Unterhaltungen herauszuhören, die im Hotel tagtäglich durch die Gänge schwirrten wie aufgescheuchte exotische Papageien, war einfach. Sogar ein paar Worte der deutschen Sprache hatte er aufschnappen können. Er wusste jetzt, wie man *Ja* und *Nein* sagte, kannte den Unterschied zwischen *ich* und *du*. *Pomfrits* waren goldgelbe, mehlige Stäbchen, und Asrat hatte ihn ein weiteres wichtiges Wort gelehrt: *Polizei*.

»Ich Efrem«, flüsterte er. »Polizei ... nicht gut.«

Er war beim Lagerschuppen angekommen und setzte sich, den Rücken gegen die Holzwand gepresst, in das dort spärlich wachsende Gras. Von hier aus konnte er den Eingang des Hotels im Auge behalten, ohne selbst gesehen zu werden. Die Sonne stand auf der rückwärtigen Seite des Schuppens, hier war er kaum mehr als ein Schatten im Schatten.

Er wartete und zupfte Gras. Er dachte an *Pomfrits*. Fünf Minuten verstrichen, dann ließ das plötzliche Klimpern gegeneinanderschlagender Flaschen ihn aufsehen. Ajoke und Lena traten aus dem Hotel, zwischen sich einen Pappkarton. Aus dem kam das Klimpern. Lena sagte etwas zu Ajoke, und die lachte.

Er wusste, dass Ajoke jüngere Geschwister hatte. Mehr

als einmal hatte er neidisch beobachtet, wie sie mit ihnen spielte, Hüpfseil oder Fangen. Ihre kleine Schwester besaß einen abgegriffenen Teddybären … Unschlüssig überlegte er, ob er sich bemerkbar machen sollte. Vielleicht würde Ajoke auch mit ihm spielen, schließlich hatte er ihr und Lena gestern einen Gefallen getan, hatte sie vor Knister und Florin geschützt.

Er war nicht dumm. Er wusste, dass Knister und Florin zwei der dunklen Gestalten waren, die er neulich nachts aus dem Fenster heraus beobachtet hatte. Er wusste auch, dass der Dritte im Bunde Zoni gewesen sein musste, von dem man nur wenig sah, weil er ständig unterwegs war. Zoni war böse. Das Böse umgab ihn wie eine neblige silberne Wolke, funkelnd und kalt. Es hatte einen eigenen, stechenden Geruch, den Geruch von Eis und Winterfeuer.

Vor ein paar Tagen, als er sich sicher genug gefühlt und den Holzsteg betreten hatte, hatte dieser Geruch dort überall in der Luft gehangen. Da hatte er gewusst, dass Zoni dort gewesen war. Mit neugierigen Blicken hatte er die beiden links und rechts des Steges festgemachten, rostenden Schiffe untersucht. Irgendwo musste es einen Eingang ins Innere dieser Kolosse geben, wahrscheinlich über eine der Leitern, die hoch oben, unerreichbar für ihn, an Kippvorrichtungen befestigt waren. Selbst jemand, der größer war, würde einen langen Haken oder etwas Ähnliches benötigen, um sie herabzuziehen. Jemand, der mindestens so groß war wie Lena oder Ajoke.

Was überhaupt, dachte er plötzlich aufgeregt, eine gute Idee war! Bisher hatte er nur überlegt, Asrat von seiner Entdeckung zu erzählen. Doch der würde sich aus allem heraushalten wollen, aus Angst vor der Polizei. Aber Ajoke und Lena … Irgendwie würde es ihm schon gelingen, sich den Mädchen verständlich zu machen. Nur würde er sie zuvor ansprechen, sie kennenlernen müssen. Kurz entschlossen erhob Efrem sich aus dem Gras, trat aus dem Schatten des Schuppens und ging auf die Mädchen zu.

Er war nur noch wenige Schritte von ihnen entfernt, als Ajoke ihn bemerkte. Sie blinzelte kurz, dann lächelte sie. Und dann verschwand das Lächeln aus ihrem Gesicht, und sie schrie und riss dabei warnend einen Arm hoch, um auf etwas zu zeigen, das sich hinter ihm befinden musste.

Die Fäuste gingen auf ihn nieder wie ein heftiges, unerwartetes Gewitter. Er fühlte, wie er herumgewirbelt wurde, dann landete ein harter Schlag auf seiner Nase. Die Welt verschwamm, zersplitterte in tausend Farben und weigerte sich sekundenlang, wieder eins zu werden, da waren nur noch einzelne, voneinander abgeschnittene Bilder und Töne.

Knister und Florin stürmten auf die beiden Mädchen zu, Knister voraus, Florin hintendrein. Aus dem Nichts waren sie aufgetaucht, und jetzt zerschnitten ihre Körper die Sommerluft.

Lena lief ihrerseits los, Knister entgegen, eine Hand zur Faust geballt. Sie schrie ihn an, ihre langen Haare strahlten so hell in der Sonne, und noch etwas anderes erstrahlte, glitzerte, was war das?

Florin stürzte sich auf Ajoke. Er entriss ihr den Pappkarton und warf ihn mit Schwung zu Boden, da zerbrachen Glas und Träume.

Lautes Klirren, das nur noch übertönt wurde von Ajokes wütendem Geschrei und dem Lachen der beiden davonlaufenden Jungen; schließlich Stille.

Die zersplitterte Welt fügte sich, wie von magischer Hand bewegt, wieder zusammen, und jetzt erst fühlte Efrem den Schmerz. Er betastete seine Nase. Sie schien auf das Doppelte ihrer normalen Größe angeschwollen zu sein, war wie betäubt und tat gleichzeitig entsetzlich weh. Und sie blutete. Er leckte sich das Blut von den Lippen. Es war klebrig und warm und erfüllte seinen Mund mit einem seltsam metallenen Geschmack. Er schluckte es hinunter und wünschte sich im selben Moment, es ausgespuckt zu haben. Sein Bauch mochte das Blut nicht, er rebellierte.

Jetzt waren die Mädchen um ihn. Ajoke schnatterte noch immer aufgeregt, voller Empörung, und er mochte das. Irgendwoher hatte sie ein blütenweißes Taschentuch gezaubert, hielt es behutsam unter seine Nase und das Tuch färbte sich hellrot. Lena strich ihm beruhigend über die Haare, ihre Augen waren blauer als der Himmel, und auch das gefiel ihm sehr.

»Ich Efrem.«

Er tippte sich mit einem Finger auf die Brust und versuchte ein Lächeln, was ihm nicht gelang, weil der Schmerz größer wurde, wenn seine Mundwinkel sich nach oben verzogen. Viel besser wäre es, in den fürsorglichen Armen der Mädchen einzuschlafen, denn er fühlte sich so müde, doch auch das wollte ihm nicht gelingen. Da war plötzlich dieses störende Brummen in der Luft. Es stieg langsam an, wurde immer lauter. Lena sah über seine Schulter hinweg. Ein winziges Lächeln erhellte ihr Gesicht.

Efrem drehte sich um. Ein Auto fuhr langsam auf das Hotel zu. Lena sagte etwas zu Ajoke, dann lief sie dem Wagen entgegen, der jetzt nur wenige Meter von ihnen entfernt anhielt. Der Fahrer stieg aus, ein hochgewachsener Mann, und winkte Lena zu. Ajoke schenkte er ein freundliches Nicken. Er sah nett aus, dieser Mann, fand Efrem. Sehr nett. Das musste an seinen Augen liegen, die glänzten wie zwei kleine, strahlende Sonnen.

★

»Jedes Mal, wenn ich diesen miesen Schuppen hier sehe«, knurrte Wichert, als er neben Lena durch die schäbige Eingangshalle ging, »kommt mir die Galle hoch.«

»Warum müssen dann überhaupt Leute hier wohnen?«

Wichert machte eine entschuldigende Geste. »Weißt du, wir können uns die Hotels und Pensionen, in denen wir Asylbewerber und Aussiedler unterbringen, nicht aussuchen. Wir sind auf jedes freie Bett angewiesen, und davon gibt es eben nicht unbegrenzt viele.«

Am Telefon in der Ecke stand ein Mann, schrie aufgeregt in den Hörer und machte dabei Lärm für drei. Lena erkannte in ihm Ghulam, den Pakistani, der ihr und Ajoke gestern so großzügig von seinen Fladenbroten abgegeben hatte. Ghulam selbst bemerkte sie nicht. Als er eine Pause machte, um Luft zu holen, vernahm sie gedämpftes Murmeln hinter der Tür zu Schmucks Büro.

»Wir müssen rauf«, erklärte sie Wichert. »Unser Zimmer ist oben, im dritten Stock.«

Sie freute sich, den Sozialarbeiter zu sehen. Umso mehr, als sie nie geglaubt hatte, er würde sein Versprechen tatsächlich wahr machen und sie und ihre Mutter im Paradies aufsuchen. Und weil sein Auftauchen eine willkommene Ablenkung von den düsteren Gedanken bedeutete, die ihr nach dem Vorfall mit Knister und Florin durch den Kopf schossen. Diese feigen Schweine! Einen kleinen Jungen zu verprügeln … Was seltsam genug war, denn sie hätten, drahtig und stark wie sie waren, auch ohne Weiteres sie selbst und Ajoke angreifen und fertigmachen können. Stattdessen hatten sie sich nur auf die Flaschen im Pappkarton konzentriert. Und auf Efrem.

»Hast du dich hier schon einigermaßen einleben können?«, fragte Wichert, während sie gemeinsam die Treppen hinaufstiegen.

Sie grinste, zufrieden mit sich selbst. »Ich hab sogar schon eine richtig gute Freundin gefunden. Ajoke, die ist aus Angola.«

Wichert nickte. »Sie kommen von überall. In Dutzenden von Ländern herrscht Krieg und unglaubliche Armut.«

»Ajoke hat erzählt, in Angola wäre es was mit Politik.«

»Es gibt viele Länder, in denen es gefährlich ist, seine Meinung frei zu äußern«, sagte Wichert. »Wer dort versucht, etwas an den politischen Verhältnissen zu ändern, muss mit Verfolgung rechnen. Damit, dass er eingesperrt, gefoltert oder getötet wird ... Hier in Deutschland war es einmal ähnlich.«

»Bei den Nazis, oder?«

»Ja. Was einer der Gründe dafür ist, dass unser Grundgesetz heute verfolgten Menschen Asyl anbietet. Asyl bedeutet Schutz vor Verfolgung.«

»Meine Mutter sagt, die würden gar nicht alle verfolgt.« Mama hatte einiges gesagt in den letzten Tagen, lauter Sätze, die ihr jetzt einfielen.

»Womit sie vielleicht sogar recht hat.« Wichert zuckte die Achseln. »Aber würdest du wegen ein paar schwarzer Schafe die ganze Herde vor die Hunde gehen lassen?«

»Ich mag schwarze Schafe.« Lena grinste. »Mama sagt auch, die Flüchtlinge würden den Deutschen die Arbeitsplätze wegnehmen. Und dass sie nur hierherkommen, um auf unsere Kosten leben zu können.«

Wichert schnaubte. »Mein Gott, man müsste es eigentlich an jede Litfaßsäule anschlagen: Asylbewerber *dürfen* gar nicht arbeiten. Und was die andere Sache angeht ...«

»Die Wirtschaftsflüchtlinge?«

»Nettes Wort.« Er grinste schräg. »Überlege dir mal Folgendes: Du hast fünf Kinder und lebst in einem Land, wo es einen täglichen Kampf bedeutet, etwas zu essen zu besorgen ...«

»Mama meint, die kämen nicht alle mit Kindern. Manche kommen ganz allein. Erwachsene, meine ich.«

»Und, ist das nicht nachvollziehbar? Träumt nicht jeder von Wohlstand oder wenigstens von einem festen Dach über dem Kopf, einer täglichen warmen Mahlzeit? Was glaubst du, wo ein guter Teil unseres Wohlstandes herkommt?«

»Von Arbeit.«

»Ja, aber unter anderem auch von der Arbeit unzähliger Menschen in der Dritten Welt. Die schuften dort für Hungerlöhne. Wir profitieren davon. Und tun verwundert, wenn diese Leute plötzlich vor unserer Tür stehen und einen Anteil an dem verlangen, was wir ihrer Arbeit zu verdanken haben.«

Sie waren im dritten Stock angekommen, wo die Ölbilder des alten Malers ihnen entgegenleuchteten. Lena führte Wichert durch den schmalen Flur auf ihr Zimmer zu. Es tat so gut, mit ihm zu reden, Fragen zu stellen, die ihr seit Tagen immer öfter durch den Kopf gingen und auf die sie von ihrer Mutter keine Antworten erhielt. Und aus Wicherts Stimme, aus seinem ganzen Wesen sprach etwas, das sie bei ihrer Mutter vergeblich suchte: die Hoffnung darauf, dass Dinge nicht bleiben mussten, wie sie waren. Der Glaube an Veränderung. Vielleicht war es dieser Glaube, der den beiden Sonnen in seinen Augen ihren auffälligen Glanz verlieh.

Er deutete nach links und rechts. »Glaubst du, die meisten Leute hinter all diesen Türen wären nicht lieber in ihrem Heimatland, wenn sie dort nicht in Angst oder Armut leben müssten? Glaubst du, sie sind glücklich? Bist *du* glücklich hier?«

»Na ja …« Lena überlegte. »Nicht so richtig. Ich meine, wenn ich könnte, würde ich sofort wieder in unsere alte Wohnung ziehen und so.«

Wenn ich könnte, würde ich Papa wiedersehen. Wenn ich könnte, würde ich alles rückgängig machen. Verdammt, ich würde sogar weiter geile Turnschuhe tragen, und wenn die alten ausgelatscht wären, würde ich mir neue kaufen, und gepfiffen auf die Armut!

»Okay«, sagte Wichert. Sie waren fast am Ende des Ganges angekommen. »Wo ist euer Zimmer?«

»Das hier. Einen Moment, ich …«

Sie drückte vorsichtig die Klinke herunter und sah in das Zimmer. Der sich ihr bietende Anblick war genau der, den sie befürchtet hatte. Die Gardine war vor das Fenster gezogen. Ihre Mutter lag schlafend auf dem Bett, auf ihrer Brust ein aufgeschlagenes Buch. Sie trug ihren geblümten Morgenmantel. Die Luft war zum Schneiden dick und stank nach Zigarettenrauch.

Lena drehte sich verlegen zu Wichert um. »Sie schläft«, flüsterte sie ihm zu. »Soll ich sie wecken?«

Er schüttelte den Kopf und bedeutete ihr, die Tür wieder zu schließen. Aus der Innentasche seines Jacketts zog er einen Umschlag. »Was ich ihr sagen wollte, steht auch hier drin. Kopie eines Schreibens vom Wohnungsamt. Keine guten Nachrichten, befürchte ich.«

»Was denn?« Neugierig beäugte sie den unscheinbaren Umschlag.

»Das Übliche, leider. Ein Haufen Amtsdeutsch, der nicht mehr besagt, als dass noch keine Wohnung für euch gefunden wurde und es auch nicht so aussieht, als würde sich in absehbarer Zeit daran etwas ändern.«

»Was ist absehbare Zeit?«

»Dieses Jahr wird es nicht mehr klappen.«

Noch mindestens sechs Monate! Sie schluckte und schloss kurz die Augen.

Obwohl sie sich bemühte, sich nichts anmerken zu lassen, musste Wichert ihre Bestürzung bemerkt haben. Er sah sie von der Seite an. »Lena, das tut mir wirklich leid … Hat deine Mutter schon versucht, eine Arbeit zu finden?«

Sie schüttelte den Kopf und sah zu Boden. Ihr war zum Heulen zumute. Ajoke hin oder her, dieses heruntergekommene Hotel war einfach nicht ihr Zuhause. Sie wollte nicht ein halbes Jahr oder länger hier wohnen und dabei zusehen müssen, wie ihre Mutter von Tag zu Tag entmutigter wurde, noch mehr Zigaretten rauchte, noch mehr Schlaftabletten in sich hineinstopfte. Sie hatte keine Lust auf weitere Auseinandersetzungen mit Kotzbrocken wie

Knister und Florin. Sie wollte ... ach, sie wollte so vieles, doch nichts davon befand sich in greifbarer Nähe. Was sie wollte, lag jenseits des Hotels, jenseits des Hafenbeckens.

»Scheiße«, flüsterte sie.

»Kopf hoch, Lena.« Wichert legte einen Arm um ihre Schulter und drückte sie kurz an sich. »Nichts ist für die Ewigkeit.«

Aus irgendeinem Grund reichte die kleine Geste aus, ihr Tränen in die Augen treten zu lassen. Sie zog die Nase hoch. »Ich bringe Sie noch runter zu Ihrem Wagen«, sagte sie.

★

Zoni stand mit dem Rücken zum Fenster. Er unternahm gar nicht erst den Versuch, sein Grinsen zu unterdrücken. Weil er wusste, dass der von draußen einfallende Sonnenschein jede Regung seines Gesichts so gut wie unsichtbar machte. Gegenlicht. Wenn Schmuck oder der Kaffer ihn ansahen, fiel ihr Blick auf Schwärze.

Was er selbst dagegen sehr gut sehen konnte, bestens ausgeleuchtet, waren die Augen des Kaffers. Die waren während der letzten Minute immer größer geworden, immer runder. Was aussah wie in einem dieser alten, schwarz-weißen Stummfilme, in denen die Nigger noch Hotelboys oder so gespielt hatten. Die hatten auch immer nur die Augen aufgerissen, wenn ihnen irgendwas Komisches passierte, und dann hatte jeder sich scheckig gelacht.

Ehrlich, richtig scheckig. Heute war das anders. Da spielten die Schwarzen sogar knallharte Bullen, mischten in den coolsten Actionstreifen mit, bekamen Hauptrollen.

Als Hotelboys hatten sie ihm besser gefallen.

»Sag's ihm noch mal«, forderte Schmuck ihn auf. Er klebte hinter seinem Schreibtisch, wie üblich. Wotan, die hässliche Flohschleuder, pennte zu seinen Füßen. »Dein Englisch ist besser als meins.«

»Mein Englisch ist scheiße«, erwiderte Zoni. »Außerdem hat er längst gerafft, was Sache ist.«

Schmuck sah ihn nur ungeduldig an, blinzelte aus seinen kleinen, in Fett schwimmenden Augen in die blendende Sonne. Fettaugen. So was trieb sonst durch Suppen und Soßen. Wenn dem Typ doch mal einer sagen würde, wie lächerlich er aussah. Überhaupt war das alles lächerlich.

Fettauge und Kullerauge.

Kokolores.

»Wird's bald?« Fünf feiste Finger veranstalteten einen ungeduldigen Tanz auf der Schreibtischplatte. Das dabei entstehende Geräusch wurde gedämpft, wenn sie auf den Stoff der Tasche trafen, die Schmuck zwischen sich und den Schwarzen geschoben hatte.

»Nur die Ruhe, bin ja schon dabei.« Widerwillig verließ Zoni seinen Platz am Fenster und wandte sich dem Schwarzen zu. Okay, dann eben alles zurück auf Anfang, Klappe, SZSP, die Zweite. SZSP, das war der berühmte Schmuck-Zwei-Stufen-Plan, und eigentlich musste man das Fettauge dafür bewundern, so clever ausgeklügelt war die Kiste.

Stufe eins: Die Kaffern von den Schieberbanden an einer verabredeten Stelle nahe der Grenze aussetzen lassen. Ihnen die Pässe klauen lassen, damit sie Schmuck ausgeliefert waren, weil diese armen Idioten glaubten, ohne Pass aufgeschmissen zu sein. Sie dann auf die Baustellen schicken. Das Fettauge strich die Knete von den Baustellenbetreibern ein, die Bimbos sahen davon keinen Pfennig. Ging angeblich alles drauf für den Service im Hotel: Zimmermiete, Bettwäsche, Essen. Sogar Klopapier wurde extra berechnet, umsonst war nur der Tod.

So viel hatte der Schwarze inzwischen kapiert. In seinen verschwitzten Händen hielt er den Zettel, auf dem Schmuck ausgerechnet hatte, was der freundliche Gast aus Übersee dem zuvorkommenden Hotelbesitzer schuldete. *Schuldete!* Konnte ein Mensch wirklich so blöd sein?

Stufe zwei: Den Typen das Zeug in die Hände drücken, das aus den Einbrüchen stammte. Natürlich nur den Kleinkram: Armbänder, Uhren, Taschenrechner, Schmuck – haha! –, Radios, CDs. Ihnen erklären, dass sie den Krempel verkaufen mussten, wenn sie von ihren Schulden runterkommen wollten. Und das wollten sie alle. Wer ließ sich schon freiwillig aus dem Paradies vertreiben?

Naturgemäß haperte es bei den Bimbos ein bisschen mit dem Verständnis für Stufe zwei. Mit einem Griff in die Stofftasche förderte Zoni aufs Geratewohl ein paar Uhren und goldene Halsketten daraus hervor. »You go into town and sell that stuff at the station. Understand?«

Er wich dem Kleinkinderblick des Schwarzen aus. Und ob der ihn verstanden hatte! Der verdrehte doch seine großen Kulleraugen nicht deshalb, weil draußen der Himmel so blau war.

»Understand?«

Warten, warten, warten … Dann ein zaghaftes Nicken, endlich. Ein Nicken, das Zoni schon dutzendfach gesehen hatte. Am Schluss nickten sie alle. Keiner von denen muckte auf. Wie auch? Die glaubten schließlich, sie wären ohne ihre Pässe am Ende.

Mann, dabei waren die meisten sogar mit Pass am Ende! Aus der Eingangshalle ertönte das aufgeregte Geschrei des Pakistani. Der hing am Telefon, und Mannomann, der hatte auch allen Grund zum Schreien. Vor zehn Minuten war er hier aufgelaufen, hatte Schmuck laut krakeelend mit einem Papierlappen vor dem Gesicht herumgewedelt. Abschiebungsbescheid. Als ob Schmuck oder sonst wer sich dafür interessierte. Zurück in die Heimat, ab nach Pakistan, wo auch immer das lag und was auch immer sie mit dem armen Schwein dort veranstalten würden, sobald er aus dem Flieger stieg. Jeder war sich selbst der Nächste.

»Zoni?«

»Hm?«

Schmuck hatte den Inhalt der Stofftasche auf seinen Schreibtisch ausgeschüttet. Jetzt nahm er ein Blatt Papier und begann darauf herumzukritzeln. »Sag ihm, ich muss erst die Liste machen. Damit er nicht auf die Idee kommt, sich selber was von dem Zeug unter den Nagel zu reißen. Keine Eigengeschäfte, ist das klar?«

Die letzten Worte waren direkt an den Schwarzen gerichtet. Der sah, verständnislos und verunsichert, zwischen Schmuck und Zoni hin und her. Zoni übersetzte. Der Schwarze nickte. Und wartete.

Okay, der Rest war Routine. Zoni stellte sich wieder ans Fenster, gerade noch rechtzeitig, um zu sehen, wie der Typ vom Sozialamt, der ab und zu hier aufkreuzte, aus dem Hotel trat. Am heiligen Samstag. Der Kerl hatte echt noch Ideale, wenn er für seine Schäfchen sogar sein freies Wochenende opferte. Idiot.

Die kleine Blonde war bei ihm, von der Knister erzählt hatte, dass sie eine zu große Klappe hatte. Lena. Dass eine Abreibung fällig wäre, hatte Knister gefordert, weil die Kleine und ihre Kaffernfreundin ständig am Pier herumhingen, auf dem Steg, zu dicht an der *Krokus*, die als Lager für die aus diversen Einkaufsbummeln stammende Ware diente.

Knister geriet zu leicht in Panik. Das war eine üble Angewohnheit, die er sich langsam mal von der Backe putzen musste. Die Kleine zu verdreschen war nicht drin, hatte Zoni ihm deutlich gemacht. Die wusste, wie man sich wehrte. Die war Deutsche, die musste keine Angst vor Behörden oder Bullen haben. Wenn die auf die Idee kam, hinter die Fassade des Hotels zu schauen, nur weil ihr hier jemand das Leben mit Dresche sauer machte, konnte das verdammt ernste Konsequenzen haben. Ein bisschen ärgern, okay, das hatte er Knister und Florin zugestanden. Der Blonden und der Schwarzen die Pfandflaschen zu zerdeppern, auch das war okay. Und musste reichen. Kein Eis für die Kleinen …

Kinderspiele, dachte Zoni verächtlich. *Lausiges Kino, freigegeben ohne Altersbeschränkung.*

Draußen stieg der Sozialarbeiter in sein Auto. Er winkte Lena kurz zu, dann startete er den Motor. In einer Wolke aus Staub und Auspuffgasen gondelte der Wagen über den Pier davon, verschwand in einem Flimmern heißer Luft. Die Wolke senkte sich, nur um im nächsten Moment erneut aufgewirbelt zu werden. Verkehrsreicher Tag …

Interessiert betrachtete Zoni den Wagen, der jetzt auf das Hotel zufuhr. Ein Kleinbus, in dem gut und gerne acht oder zehn Leute Platz fanden. Schicke Lackierung, grün und weiß. Weiß auch der dicke Schriftzug in riesigen Lettern, der Front und Seiten der Karre verzierte, damit jeder wusste, mit wem er es zu tun bekam.

»Fertig«, hörte er das Fettauge hinter sich sagen.

»Gutes Timing.« Er wandte sich um. Er genoss diesen Moment, auch wenn sein Körper sich bereits anspannte in Erwartung der nächsten Minuten, die für ihn Hektik und schnelles Handeln bedeuten würden. »Razzia, Herr Schmuck.«

7. Kapitel

Wie aus einem Flugzeug hechtende Fallschirmspringer sprangen, einer nach dem anderen, sechs uniformierte Männer aus dem grün-weißen Kleinbus. Kies knirschte unter schwarzen, auf Hochglanz polierten Stiefeln. Das Lärmen der am Pier spielenden Kinder, sonst eine von morgens bis abends tobende Geräuschkulisse, verebbte wie Sommerregen. Es war unheimlich. Ajoke hatte den Eindruck, als sei ein Stöpsel aus der Luft gezogen worden; das so entstandene Loch saugte mit rasender Geschwindigkeit jeden Laut in sich hinein.

»Polizei«, murmelte sie. »Was …«

Sie fühlte, wie Efrem neben ihr erstarrte. Ein Ruck ging durch seinen kleinen Körper; dann zerrte er so fest an ihrer Hand, dass sie um ein Haar gestolpert wäre. »Polizei nicht gut!«, rief er.

O verdammt! O verdammter Mist!

Sie legte beschwörend einen Finger an die Lippen. In ihrem Kopf purzelten tausend Gedanken auf einmal durcheinander. »Sei still!«, zischte sie. »Sei bloß still, hörst du!«

»Was hat er denn?«, fragte Lena irritiert.

»Er ist hundertprozentig illegal hier«, flüsterte Ajoke. »Wenn die Polizei ihn erwischt ...«

»Illegal? Was heißt das?«

»Erklär ich dir später.« Sie ging vor Efrem in die Knie und legte die Hände auf seine Schultern. »Ganz ruhig! Wir bleiben einfach hier stehen, keiner wird sich für uns interessieren. Ganz ruhig, okay?«

Er blieb tatsächlich ruhig, und das war wie ein kleines Wunder. Doch sein Blick huschte unruhig zwischen dem Hotelsilo und den Polizisten hin und her, die jetzt vor ihrem Wagen standen und sich leise miteinander berieten. Ajoke erinnerte sich daran, ihn ein- oder zweimal in Begleitung eines jungen Mannes gesehen zu haben, der zu jung war, um Efrems Vater sein zu können, also dürfte es sich um seinen älteren Bruder handeln. Efrem musste sich rasende Sorgen um ihn machen.

Razzia, das ist eine Razzia!, dachte sie. In ihrem Magen bildete sich ein bleierner Klumpen, von dem sie nicht sicher war, ob er aus Wut oder Angst bestand. Wahrscheinlich aus beidem. Sie wusste, dass Zoni jetzt durch das Hotel hetzte, dass er die Illegalen zusammentrieb, sie eilig durch den seitlichen Treppenaufgang des Silos zum Dach hinaufscheuchte, wo sich eine versteckte Luke befand. Dass die verängstigten Männer und Frauen durch die Luke klettern und dort oben warten würden, zusammengepfercht in der brütenden Hitze eines winzigen Verschlags, zitternd vor

119

Angst, bis die Gefahr vorüber, die Polizei verschwunden war und Zoni sie wieder abholte.

»Ganz ruhig«, wiederholte sie noch einmal, erhob sich aus der Hocke und ergriff eine von Efrems Händen. Da war immer noch Panik sichtbar in seinen Augen. Seine kleine Hand war schweißnass. Sie drückte sie beruhigend, während sie beobachtete, wie drei der Polizeibeamten sich über das Gelände verteilten. Die anderen drei gingen auf das Hotel zu: nicht zu schnell, nicht zu langsam, mit der Selbstsicherheit von Menschen, die wussten, dass sie auf jeden Fall finden würden, wonach sie suchten.

Oder wie Roboter, dachte Ajoke. *Wie Roboter, deren Tempo auf eine bestimmte Geschwindigkeit eingestellt ist, die alle gleich aussehen. Die Männer, Frauen und Kinder mitnehmen, wenn sie erfahren, dass die illegal hier sind, sie sonst wohin bringen und sich von keinem Knopfdruck, keinem Gott und keinem gar nichts davon abhalten lassen.*

Der Klumpen in ihrem Magen wurde zu einer harten Faust, als sie bemerkte, wie der Blick von einem der Polizisten ihre kleine Gruppe streifte. Unvermittelt scherte er aus dem Tross seiner Kollegen aus und kam auf sie zu – ausgerechnet auf sie, von allen Kindern, die hier am Pier herumstanden und schweigend den Aufmarsch der Polizei beobachteten! Er war groß. Er ließ sich Zeit, schlenderte ihnen entgegen wie ein Spaziergänger, und Ajoke wusste, dass sie vielleicht Efrem am Davonlaufen hindern konnte, nicht aber ihr Herz, das plötzlich rasende Sprünge machte.

Jetzt stand der Polizist vor ihnen, sah auf Efrem herab, und plötzlich war sie nicht mehr sicher, ob sie den kleinen Jungen wirklich halten konnte. Sie fühlte, wie sein Körper sich anspannte; ihr blieb nicht mehr zu tun, als weiter seine Hand zu halten. Die sie schon so fest drückte, dass sie befürchtete, die zarten Finger könnten jeden Moment zerbrechen.

will Efrem beschützen

Was wollte dieser Typ?

»Na, was ist denn mit dir los, kleiner Mann?« Der Beamte lächelte. »Hast wohl noch nie einen echten Polizisten gesehen?«

Treffer, versenkt!, dachte Ajoke. Efrem wich vor dem uniformierten Mann zurück, als wolle er in sie hineinkriechen. Sein Rücken presste gegen ihre Beine. Sein T-Shirt war nass geschwitzt, sie fühlte die feuchte Hitze auf der nackten Haut ihrer Knie.

mag den Polizisten nicht

»Willst du mir nicht sagen, wie du heißt?«, fragte der Polizist.

»Er heißt Ibe, er ist mein Bruder«, sagte Ajoke schnell. Dankbar registrierte sie, dass Lena, die wie angenagelt neben ihr stand, bei dieser Lüge nicht einmal mit der Wimper zuckte.

mag Efrem

Der Mann ging vor Efrem in die Hocke. »Kannst du nicht selber reden, kleiner Mann? Du musst doch keine Angst vor mir haben …«

»Meine Mutter hat es ihm verboten«, hörte Ajoke sich sagen. »Mit fremden Leuten zu reden, meine ich.«

Was quasselte sie da für einen Müll? Es lag an ihrer Angst, das war alles. Es lag daran, dass sie Efrems Hand festhielt, dass da eine Art Leitung zwischen ihnen bestand, etwas wie ein elektrisches Kabel, über das seine Panik sich wie Funkenflug auf sie übertrug. Sie hatte längst nicht mehr das Gefühl, ihr Herz wolle mit ihr davongaloppieren. Sie hatte das Gefühl, es würde ihr gleich zum Hals herausspringen.

Jetzt kramte der Polizist auch noch einen in knisternde, transparente Folie gewickelten Bonbon aus der Brusttasche seines hellgrünen Hemdes und hielt ihn Efrem entgegen! Der schüttelte den Kopf. Schüttelte den Kopf und schlug nach dem Bonbon, nach der Hand des Polizisten!

War der wahnsinnig geworden?

»So ist er immer«, sagte Ajoke. Viel zu schnell, als solle ein Wort das nächste überholen. »Wissen Sie, Sie würden mir einen großen Gefallen tun, wenn Sie ihn mitnehmen. Er nervt!«

»Danke, aber meine eigenen Kinder kosten mich Nerven genug.« Der Polizist grinste. Mit seiner freien Hand wuschelte er Efrem durch die Haare. »Süßer Fratz, dein Brüderchen.«

Und plötzlich wusste Ajoke, warum ihr Vater Filme hasste, in denen kleine Negerkinder aus großen Kulleraugen in die Welt starrten. Denn genau das war es, was den Polizisten auf Efrem aufmerksam gemacht haben musste: seine unschuldigen Kulleraugen, seine breite Stupsnase, sein Krauskopf. So niedlich, so herzig, so süß. Bis der süße Fratz erwachsen war, nicht mehr so niedlich, weniger herzig. Bis er *unerwünscht* war, und dann ...

»Komm schon, kleiner Ibe.« Der Polizist unternahm einen zweiten Versuch, Efrem den Bonbon in die Hand zu drücken, diesmal mit Erfolg. Er lächelte freundlich. »Na, wie sagt man, wenn man etwas geschenkt bekommt? Oder hat dir deine Mutti das auch verboten?«

Bevor Ajoke für Efrem antworten konnte, überraschte der sie mit einer Glanznummer. Er betrachtete den Bonbon in seiner Hand, dann hob er den Blick. »Danke«, sagte er. Und lächelte den Polizisten ebenfalls an.

Süßer Fratz?

Süßer Fratz?

Er war ein *Genie!* mag Efrem

»Ich komme gleich wieder, kleiner Mann.« Der Polizist erhob sich. »Dann kriegst du noch einen Bonbon, hm?«

Er tippte an den Schirm seiner Mütze, wandte sich ab und folgte seinen beiden Kollegen, die inzwischen um das Hotel herumgegangen waren. Wahrscheinlich, dachte Ajoke, um den Hinterausgang zu überwachen. Neben ihr erklang ein leises Zischen – Lena atmete aus.

»Mann! Ich dachte, ich muss sterben!«

»Frag mich mal«, murmelte Ajoke erleichtert. »Ich könnte kotzen, so schlecht ist mir.«

»Du bist die coolste Lügnerin, die ich je getroffen habe. Du bist nicht mal rot geworden!«

»Bin ich doch, und wie! Aber … manchmal macht schwarze Haut sich eben doch bezahlt!«

Sie brachen beide in befreiendes Lachen aus. Efrem sah verständnislos zwischen ihnen hin und her. Einem plötzlichen Impuls folgend, beugte Ajoke sich zu ihm herab und drückte ihm einen Kuss auf die Wange. Ihr Herz schlug immer noch zu schnell, doch ihr Kopf war wieder ganz klar, klar wie ein frisch geputztes Fenster. »Wir müssen ihn wegbringen«, sagte sie. »Wir können nicht riskieren, dass dieser Polizist wiederkommt und womöglich doch noch Lunte riecht.«

»Wenn du mir endlich mal erklären würdest …«

»Das ist eine Razzia, verstehst du! Die suchen Leute, die ohne Aufenthaltserlaubnis hier sind. Die heimlich nach Deutschland gekommen sind, an den Grenzkontrollen vorbei. Die illegal hier eingeschleust werden, von Schlepperbanden, die einen Haufen Geld dafür kassieren, ihnen Versprechungen machen und …« Sie hob hilflos die Hände.

Lena sah Efrem an. Aus ihrem Blick sprach Mitleid. »Dann sollten wir uns beeilen, oder?«

Ajoke überlegte. Efrem irgendwo hier draußen zu verstecken, kam nicht infrage. Womöglich würde ein Polizist – der Polizist – genau dann um die nächste Ecke biegen, wenn sie damit beschäftigt wären, den *süßen Fratz* in dem alten Lagerschuppen oder sonst wo verschwinden zu lassen. Den Kleinen zu ihrer Mutter zu bringen war ebenfalls unmöglich. Die würde sich keinen Ärger mit der Polizei einhandeln wollen, und noch dazu war die Möglichkeit, dass Salm oder Juaila sich vor Aufregung verplapperten, falls ein Beamter bei ihnen auftauchte, viel zu groß.

»Wir bringen ihn rein, ins Hotel«, sagte sie endlich.

»Bist du verrückt?«, schnappte Lena. »Da sind doch auch Polizisten drin!«

»Die Erwachsene suchen, keine Kinder.«

Lena knabberte auf ihrer Unterlippe, während sie kurz überlegte. Dann nickte sie. »Gut, aber wohin?«

»Petco«, murmelte Ajoke. »Am besten, wir gehen zu Petco, der macht keine Schwierigkeiten.«

»Der Maler?«

»Der würde Efrem zur Not unter seinem Hemd verstecken, und jeder würde glauben, er sei nur noch ein bisschen dicker geworden.« Sie zog entschlossen die Nase hoch. »Also kommt, gehen wir. Bevor der nette Onkel wiederkommt.«

Efrem sah zu ihr auf und nickte, als hätte er ihre Worte verstanden. Er ließ den Bonbon verächtlich fallen, er landete auf dem Kies zu seinen Füßen. Das transparente Wickelpapier glänzte in der Sonne. Der Bonbon selbst war von leuchtendem Rot.

Kirschgeschmack, dachte Ajoke.

★

Lena hatte geglaubt, es würde damit vorüber sein, dass sie wie beiläufig durch die Eingangshalle marschierten. Damit, dass sie locker an den Polizisten vorbeigingen, die drei Kindern keine Aufmerksamkeit schenken würden, weil sie, wie Ajoke gesagt hatte, nicht nach Kindern Ausschau hielten. Sie hatte geglaubt, der Schrecken, von dem sie sich gerade erst erholte, würde damit vorüber sein, dass sie die Treppen hinaufgingen, als sei dies die normalste Sache der Welt, dass sie Efrem in Sicherheit bringen würden, nach oben, zu Petco.

Doch es war nicht vorbei. Sie hatten das Hotel eben betreten, als ihre Schritte schon wieder stockten und sie alle drei stehen blieben, Efrem zitternd, Ajoke gefasst, Lena selbst zunehmend entsetzt. Es war Schmuck. Es war Schmuck und es war der Pakistani namens Ghulam, den sie noch vor fünf Minuten am Telefon gesehen hatte, und es war die Polizei, und sie würde es niemals vergessen, es wurde in ihre Erinnerung gebrannt wie mit tropfendem Wachs von glühend heißen Kerzen.

Ghulam musste die Polizei zu spät bemerkt haben. Die Beamten waren ausgeschwärmt und hatten sich in der Halle verteilt. Der Hörer des Telefons baumelte knapp über dem aufgescheuerten Linoleum des Bodens, er schwang hin und her, und falls noch jemand am anderen Ende der Leitung war und lauschte, musste er Ghulams Schreie hören.

Zwei Polizisten zerrten ihn aus einer der Toiletten rechts des Treppenaufganges, und obwohl Lena nicht wusste, warum, berührte es sie peinlich und schmerzhaft zugleich, dass es die Frauentoilette war und nicht die der Männer, in die Ghulam sich in seiner Verzweiflung geflüchtet hatte.

Sie zerrten ihn an seinem Hemd heraus, das ihm aus der Hose gerutscht war und ein Stück blanken Rückens freigab. Ghulam schrie und wehrte sich, Tränen liefen über sein Gesicht. Seine Füße stemmten sich in den Boden, trampelten ein verzweifeltes Stakkato. Einer der Schuhe rutschte von seinem rechten Fuß, polterte zur Seite und blieb liegen. Eine Socke war entblößt, löchrig an gleich mehreren Stellen. Lena fühlte ein trockenes Schluchzen in ihrer Kehle aufsteigen.

Ghulam, der Fladenbäcker.

Sie hielten ihn an den Armen fest und transportierten ihn aus der Halle, und mit jedem ihrer festen Schritte wurde das Weinen des Pakistanis leiser, bis nur noch ein leises Wimmern zu hören war, und dann war er fort, Ghulam, der Fladenbäcker, Ghulam mit den löchrigen Socken.

Lena wandte sich ab. Sie starrte in Ajokes und Efrems Gesichter, in deren Augen sie das Spiegelbild ihres eigenen Schreckens entdeckte. Ajoke hielt Efrems linke Hand so fest umklammert, dass ihre Knöchel hervortraten. *Weiß* hervortraten.

»Ist ja nicht so, als ob mir das Spaß machen würde.« Einer der Polizisten war in der Halle zurückgeblieben. Er sprach zu Schmuck. »Aber die Abschiebung ist rechtskräftig, die Papiere hat er erhalten, der arme Kerl. Wird abgeschoben, heute Abend noch.«

Das war lächerlich! Wenn er Mitleid hatte, wie konnte er dann so etwas tun? Lächerlich!

Doch es waren die nächsten Worte des Polizisten, die ihr einen Schlag versetzten, der sie wie betäubt zurückließ. Irgendwo tief in ihrem Inneren begann eine kindliche Lena zu weinen, ganz kurz, mit hoher, klagender Stimme. Dann verstummte sie, und Lena wusste, dass sie diese Stimme zum letzten Mal in ihrem Leben gehört hatte.

»Vielen Dank für Ihre Hilfe, Herr Schmuck«, sagte der Polizist.

Schmuck nickte, er nickte, und plötzlich wusste Lena alles. Mit dem gleichen Nicken hatte er die Beamten vor einer Minute in Richtung der Toiletten gelotst, an denen sie sonst vorbeigelaufen wären. Es war das gleiche Nicken, mit dem er im Supermarkt eine Quittung entgegennahm, ein Brot beim Bäcker oder einen Strauß Tulpen beim Blumenhändler.

Streich das! Menschen wie der stellen sich keine Blumen in die Wohnung.

Sie sah dem Polizisten dabei zu, wie er sich bückte und den Schuh, der plötzlich unwirklich klein wirkte, vom Boden aufhob. Als er bemerkte, dass sie ihn beobachtete, wich er ihrem Blick verunsichert aus. Verließ die Eingangshalle wie ein geprügelter Hund. Als schäme er sich.

Was er hoffentlich tut! Oh, was er hoffentlich tut, wenn er heute Abend seiner Frau und seinen Kindern davon erzählt, was hier geschehen ist, seinen Kindern, die nie wissen werden, was es heißt, ihre Heimat zu verlieren, die nie Hunger haben werden, der nicht sofort gestillt werden kann, die keine Löcher in den Socken kennenlernen werden, keine Verfolgung, keine Folter, keine Angst, wie sie noch immer in Efrems Augen funkelt …

»Geht vor«, sagte sie mit rauer Stimme zu Ajoke. Als die sie verständnislos ansah, versetzte sie ihr und Efrem einen kleinen Schubs. »Macht schon. Geht rauf zu Petco!«

Sie sah den beiden nach, wie sie die Treppe hinaufstiegen. Dann fiel ihr ein, dass es überflüssig war, Efrem jetzt noch bei Petco in Sicherheit bringen zu wollen. Der Auftrag, mit dem man die Polizisten hierhergeschickt hatte, war erledigt, die kurze Jagd war vorüber. Doch das konnte sie Ajoke nicht nachrufen, denn es hätte bedeutet, die plötzlich über der Eingangshalle liegende Stille zu stören, und diese Stille erschien ihr heilig. Sie war alles, was Ghulam zurückgelassen hatte.

Schmuck stand in der Tür, sein massiger Körper füllte den ganzen Rahmen aus. Er überwachte den Abtransport des Pakistani, seine Augen ausdruckslos, sein Gesicht unleserlich und kalt. Für einen kurzen Moment sah Lena sich selbst auf ihn zustürzen, mit den Fäusten gegen seine Brust hämmern, in der irgendwann ein Herz geschlagen haben musste, bevor Schmuck … nun, bevor er *Schmuck* geworden war. Sie verwarf den Gedanken. Stattdessen ging sie langsam zum Telefon, nahm den herabbaumelnden Hörer und hielt ihn an ihr Ohr. Zunächst glaubte sie, nur statisches Rauschen in der Leitung zu vernehmen. Dann hörte sie, schwach, wie aus unendlich weiter Entfernung, eine Frauenstimme.

»Ghulam …? Ghulam …? Ghulam …?«

Behutsam hängte sie den Hörer in die Gabel.

★

Das beste Mittel gegen Trübsinn, hatte Igor einmal gesagt, war ein gutes Glas Tee aus dem Samowar. Er servierte den Tee tatsächlich in Gläsern, nicht in Tassen, und wann immer Ajoke dabei zusah, wie er die goldene Flüssigkeit aus dem silbern glänzenden Apparat in Gläser abfüllte, hatte sie ein Gefühl von *chique*. Igor konnte machen, dass man sich fühlte wie eine große Dame.

Der Samowar war bereits angeworfen, als es an der Tür klopfte und Lena sich zu ihnen gesellte. Alle schwiegen, für Minuten hörte man nichts als das Dampfen und leise Blubbern der Maschine. Efrem saß zwischen Lena und Ajoke auf Petcos Bett, an sie gekuschelt, die Augen geschlossen, als könne er so die Bilder aus der Eingangshalle vertreiben. Ajoke wünschte, es wäre so einfach: Augen zu, einschlafen, vergessen.

Der dickbäuchige Petco und Igor mit dem wuchernden schwarzen Vollbart saßen am Tisch vor dem Samowar, die Hände gefaltet wie zu einem stillen Gebet. Im Mienenspiel ihrer Gesichter hielten Angst und Anteilnahme sich die Waage. Sie wussten, dass das, was mit dem Pakistani geschehen war, jederzeit auch ihnen selbst widerfahren konnte. *Abschiebung.* Kein Wort auf der Welt barg für sie größeren Schrecken.

Es war Igor, der endlich die Stille unterbrach, nachdem er Lena längere Zeit gemustert hatte, die mit leerem Blick ihre Fingernägel betrachtete.

»Dieser Samowar«, erklärte er in brüchigem Deutsch, »ist das Einzige, was mir geblieben ist. Und einige Bücher. Hab ihn mitgenommen, als ich meine Heimat verlassen musste. Er ist für mich … Erinnerung. Manchmal erzählt er mir Geschichten.«

»Was für Geschichten?«, fragte Lena.

»Traurige Geschichten. Geschichten wie die, die ihr eben in der Halle erlebt habt. Geschichten, die sich niemals ändern werden.«

Mit einem Stoßseufzer verdrehte Petco die Augen. »Nun geht das wieder los! Für Igor ist die Welt so düster wie sein Bart!«

»Und warum soll sie das nicht sein?«, fuhr Igor seinen Zimmergenossen an. Mit einem Finger pikte er Petco in den dicken Bauch, als wolle er den Kindern damit zeigen, dass sie nicht ernsthaft stritten, sondern nur miteinander rangelten wie Brüder. Petco quiekte empört auf, und zum ersten Mal erhellte ein Lächeln Lenas Gesicht. »Warum nicht, frage ich dich? Die Welt ist schlecht, die Menschen sind schlecht!«

»Nein, nein, du machst es dir zu einfach«, erwiderte Petco. »Es gibt gute Menschen und schlechte Menschen.

Hier in Deutschland hat man uns aufgenommen, man gibt uns zu essen, ein Bett … Ich habe Freunde, die mir Farbe für meine Bilder schenken. Das sind gute Menschen.«

»Ach!« Aufbrausend warf Igor die Hände in die Luft. »Und was ist mit denen, die deine Bilder am liebsten verbrennen würden? Die dich hier nicht haben wollen?«

»Wir dürfen nicht den Fehler machen, die Welt nach den schlechten Menschen zu beurteilen, die sie bewohnen«, sagte Petco. »Machen wir uns nichts vor, es gibt überall schlechte Menschen, auch hier im Hotel, unter uns. Aber man muss sich am Guten orientieren, wenn man die Hoffnung nicht verlieren will. Man muss an das Gute glauben.«

»Sie glauben daran, oder?« Lena war aufgestanden und an die Staffelei getreten, auf der ein halb fertiges Gemälde in Petcos üblichen Farben, Gelb und Blau, stand. Sie ließ die Finger über die raue Oberfläche des Ölbildes wandern. »Sonst würden Sie nicht so schöne Bilder malen.«

Petco nickte feierlich. »Ja, ich glaube daran.«

»Ich nicht«, sagte Igor düster. »Deshalb haben sie mich verfolgt, in meinem Land, haben mich ins Gefängnis gesteckt. Weil ich beschrieben habe, wie sie sind, die Regierung, ihre Beamten und Soldaten. Schlechte Menschen, böse Menschen. Ja, o ja«, er nickte mehrfach wie zur Bekräftigung, »ich habe das Böse gesehen!«

»Das habe ich auch«, gab Petco leise zurück. »Aber wie man das bewertet, was man sieht, ist eine Frage des Blickwinkels. Konzentriere dich auf das Gute, und du wirst das Gute sehen. Konzentriere dich auf das Böse ...« Er zuckte die Achseln.

Igor grinste Lena an. Seine Finger zupften an dem beeindruckenden schwarzen Vollbart. »Siehst du, so verbringen wir hier unsere Tage. Philosophieren über Gott und die Welt und kommen zu keiner Einigung. Der Schwarzseher und der Optimist mit den Sonnenblumenfeldern.«

»Ich gebe Petco recht«, sagte Lena. »Es kommt auf den Blickwinkel an.«

»Gibt's bald mal Tee?«, warf Ajoke ein. Das Gerede um Gut und Böse ging ihr auf die Nerven. Sie wusste, dass das Böse verschwand, wenn man die Sonne in sein Herz einließ, wenn man an den weiten Himmel dachte oder an das offene Meer. Sie wusste, dass Menschen wie Schmuck ihr Herz verschlossen hatten. Ihre Kehle zog sich zusammen, als ihr plötzlich klar wurde, dass ihr eigener Vater auf dem besten Wege dazu war, in seiner Verbitterung dasselbe zu tun. Wie lange mochte es noch dauern, bis auch er sein Herz verschloss? *Was für ein blöder, schrecklicher Tag*, dachte sie.

»Bedient euch.« Igor verteilte Gläser und zeigte Lena und Efrem, wie man den Samowar bediente. Eine aromatisch duftende Wolke stieg von der Maschine auf und vermengte sich mit dem ständigen Geruch nach Terpentin und Ölfarben, der im Zimmer hing. »Möchte jemand Zucker?«

Es wurde gemütlich. Nach dem ersten Glas des kräftigen, süßen Tees begann die Erinnerung an die erst eine halbe Stunde zurückliegenden Schrecken bereits zu verblassen. Doch ganz verschwinden, das wusste Ajoke, würde sie nie. Dazu war Ghulams Weinen zu laut gewesen, hatten Efrems Augen zu entsetzt dreingeblickt. Und Schmuck … Seine Bösartigkeit hatte sie gestreift wie ein eisiger Wind, in dem alles Leben erfror. Doch vielleicht hatte Petco aus genau diesen Gründen recht: Man musste an das Gute glauben, wenn man nicht verzweifeln wollte.

Als die zweite Runde Tee ausgeschenkt war, erzählte sie Igor und dem Maler, was draußen vor dem Hotel vorgefallen war, wie der Polizist versucht hatte, sich mit Efrem zu unterhalten, und wie sie Efrem als ihren Bruder ausgegeben hatte.

»Das war gut, oder?«, sagte sie. »Ich meine, wenn man genau hinsieht, haben wir nicht mal dieselbe Hautfarbe.«

»Es war einfach«, murmelte Petco. »Von jemandem, der die Welt schwarz-weiß sieht, kann man kaum erwarten, dass er schwarz und schwarz auseinanderhalten kann.«

Igor lachte. »Manchmal denke ich, von uns beiden ist er der Poet!« Er wandte sich an Efrem. »Und woher kommst du nun, junger Mann?«

Efrem runzelte die Stirn und schüttelte verständnislos den Kopf. »Er kann kein Deutsch«, sagte Ajoke. »Nur ein paar Worte.«

»Nun, dann kennt er vielleicht das hier.« Igor war aufgestanden, ging zu seinem Schrank und wuchtete eines der dicken Bücher herunter, die sich darauf befanden. Es war ein Atlas. Er klappte ihn auf, blätterte ein paar angegilbte Seiten um und ging damit zu Efrem.

»Wie soll er auf einem Atlas das Land finden, aus dem er kommt?«, fragte Lena. »Er geht doch nicht mal zur Schule, oder?«

Doch zu ihrer aller Überraschung wusste Efrem sehr wohl, wo er sein Heimatland auf der Weltkarte zu suchen hatte. Er studierte sie für fünf Sekunden, bevor er zielstrebig auf ein Land im Osten des afrikanischen Kontinents deutete.

»Äthiopien«, murmelte Lena, und Efrem nickte.

Ajoke zeigte auf Äthiopien. »Wie bist du von hier«, sie ließ ihren Finger langsam über das Mittelmeer und rot markierte Ländergrenzen nach oben in Richtung Deutschland wandern, »nach hier gekommen?«

Efrem schien zu verstehen, was sie von ihm wissen wollte. Er stellte sein Teeglas ab, postierte sich in der Mitte des Raums, holte tief Luft und blähte die Backen auf. Dann gab er rhythmische, zischende Geräusche von sich. »Tsch-tsch-tsch …«

»Ein Zug!«, rief Lena. »Er ist mit einem Zug gefahren.«

Und anschließend, wie sich im weiteren Verlauf von Efrems talentierter kleiner Vorstellung herausstellte, mit einem Schiff und einem Auto, und dann war er geschwommen.

»Wahrscheinlich durch den Fluss an der Grenze«, sagte

Igor, der Efrem fasziniert zugesehen hatte. »Den Rest der Strecke müssen er und sein Bruder gelaufen sein.«

Ajoke erwartete, dass dies das Ende der Vorstellung war und Efrem sich wieder setzen würde. Doch Efrem war noch nicht fertig. Und was er jetzt mimisch und gestisch erzählte, indem er geschickt Gesicht, Körper und Hände einsetzte, und was alle Anwesenden ebenso geschickt errieten und kombinierten, beschäftigte sie und Lena für den gesamten Rest des Tages: Man hatte ihm und seinem Bruder die Pässe gestohlen.

Kein Pass, keine Zukunft. Mehr als einmal hatte Ajoke gehört, wie Schmuck diese Worte vor verzweifelten Illegalen herausposaunt hatte, die ihre Ausweise verloren hatten oder denen sie gestohlen worden waren. Es bedeutete, dass es für Efrem weder Vor noch Zurück gab. Er war zu einem Stück Treibgut auf dem Meer der Geschichte geworden, ein winziges Boot, dem es versagt war, einen Hafen anzulaufen.

8. Kapitel

Lena richtete sich auf dem Bett auf und sah zum Fenster hinaus. Der erste Tag ohne alles. Ohne Sonne, ohne Regen, ohne Nebel, ohne Schnee. Kein blauer, kein grauer Himmel. Alles trist, farblos, leer. Ein Tag, gar nicht richtig vorhanden, ein Loch in der Zeit.

Zum Davonlaufen. Oder bestenfalls dazu gut, im Bett zu bleiben, sich einzukuscheln, ein Buch zu schnappen und die Welt sich selbst zu überlassen.

Sie ließ den Kopf zurück auf ihr Kissen sinken, wälzte sich auf die Seite und zog sich die Bettdecke über den Kopf. Sommerferien. Ihre Freundinnen verbrachten sie sonst wo – Italien, Gran Canaria, Ostsee. Eine sogar in Amerika. Sie alle würden etwas zu erzählen haben: Sonnenuntergänge hinter schneebedeckten Gebirgsketten, Wattwanderungen, das Meer, Wolkenkratzer, das Meer, Besuche in Museen, berühmte Kunstwerke, das Meer.

»Ich will auch ans Meer«, flüsterte sie in ihr Kopfkissen. Sand zwischen den Zehen, plänkelnde Wellen, der Geschmack von Salz in der Luft, der Geruch von Sonnencreme auf der Haut, wenn man sich nach dem Baden an den Strand warf. Lichtschutzfaktor vierzehn, o Mann ...

Und über all dem Papas Lachen. Er warf mit einer Qualle nach ihr, und sie dachte: *Arme Qualle.* Nicht armes Tier, weil sie nicht genau wusste, ob eine Qualle ein richtiges Tier war. Mit Tieren warf man nicht. Fliegende Hunde und Katzen, mit riesigen Segelohren, die wie Drachen im Herbstwind über goldene Baumkronen hinwegfegten, ein Knattern in der Luft von den aus buntem Papier zusammengebundenen Schwänzen. Stoppelfelder, knickende Halme unter Papas festen Schuhen, Wind, ein Karton voller bunter Scherben, aber wer würde sich schon im Herbst ein Eis kaufen von Flaschenpfand?

»Lena?«

Ajoke natürlich, Eiswürfel in den Haaren statt farbiger Holzperlen. Wenn das mal funktionierte mit den Zöpfen. Du hast so glattes Haar, Lena, aber Ajokes Mutter würde das schon hinkriegen. Zöpfe, Perlen, das Haar golden wie Petcos Bilder, Sonnenblumen, durch die ein weinender, dunkelhäutiger Mann lief, auf der verzweifelten Suche nach einem Telefon in diesem Meer von Sonnenblumen ...

»*Lena!*«

Sie schob den Kopf unter der Decke hervor und sah tatsächlich Blumen. Unechte Blumen, ihre Farben versickerten im verwaschenem Stoff des Bademantels ihrer Mutter. Herzlich willkommen zu einem neuen, glorreichen, verschwendeten Tag im Paradies!

»Lena, du hast das Klopapier zuletzt benutzt, oder?«

»Ist im Schrank, unten links.«

Sie rappelte sich auf, schwang die Beine aus dem Bett und strich sich die Haare aus dem Gesicht. Ihre Mutter machte sich am Kleiderschrank zu schaffen, holte die nahezu aufgebrauchte Rolle Klopapier daraus hervor und verließ das Zimmer in Richtung Toilette. Mit einem lauten Knall schlug die Tür zu.

Countdown: Zählen Sie langsam von dreihundert runter bis null. Und schließen Sie Ihre Sicherheitsgurte!

Wie schnell manche Dinge zur Gewohnheit werden konnten – in fünf Minuten würde ihre Mutter wieder hier sein, schimpfend über die unmöglichen hygienischen Verhältnisse im Hotel, über die Bazillen, all die Krankheiten, die man sich hier holen konnte. Unzufrieden mit allem und noch immer nicht bereit, das Leben wieder anzunehmen, sich ihm zu stellen, das Beste aus ihrer Lage zu machen.

Lena stapfte verschlafen zu dem Stuhl, über dessen Lehne sie Jeans und T-Shirt gehängt hatte, und zog sich an. Sie merkte, dass sie selber auf den Topf musste, und okay, das Klo auf diesem Stockwerk *war* eine echte Katastrophe. Sie hatte sich angewöhnt, eine Treppe tiefer auf Toilette zu gehen. Da achtete Ajokes Mutter auf peinliche Sauberkeit. Was eigentlich Schmucks Aufgabe sein sollte, doch dem war es völlig gleichgültig, ob Toiletten, Duschen und Waschbecken in akzeptablem Zustand waren oder nicht. Hier musste jeder selber sehen, wo er mit seinen Ansprüchen blieb. Wenn Mama also meinte, sich wie ein Sträfling aufführen zu müssen, der durch eine Kette an den Beinen daran gehindert wurde, ein Stockwerk tiefer zu gehen, dann war es ihre eigene Schuld. Wahrscheinlich war die morgendliche Meckerei sowieso nur ein Vorwand, um sich noch vor dem Frühstück guten Gewissens die ersten Tabletten einwerfen zu können.

Sie bemerkte, dass ihr T-Shirt einen Fleck hatte. Ein sauberes hatte sie nicht mehr. Sie würde Ajoke fragen müssen, wie es hier im Paradies mit Waschmaschinen aussah. Wäsche hatte sie schon hinter dem Hotel auf großzügig gespannten Leinen hängen sehen, feine, gekochte, bunte; für ihre eigenen Klamotten würde sie eine ganze Leine in Beschlag nehmen müssen …

Der Schrei hallte so unerwartet durch den Flur, er klang so entsetzt, dass Lena die Beine wegzuknicken drohten. Im nächsten Moment hatte sie das Zimmer durchquert, bereit, die Tür aufzureißen und hinauszustürmen.

Ihre Mutter kam ihr zuvor, polterte von draußen durch die Tür ins Zimmer hinein, wutentbrannt. Die Haare standen ihr wie elektrisch aufgeladen vom Kopf ab. Der geblümte Morgenmantel segelte in hohem Bogen durch die Luft und landete auf dem Bett.

»Jetzt reicht's!«

In fliegender Hast wühlte sie sich durch den Kleiderschrank, zerrte eine Bluse und ein Kleid daraus hervor, dann ihre besten Schuhe.

»Was ist denn passiert?«

Jetzt wurde die Kulturtasche durchforstet, Lippenstift, Mascara, Rouge. »Passiert? Ich bin doch nicht verrückt! Lass mich hier von Insekten auffressen, oder was? Kommt gar nicht infrage, wo ist denn die *verdammte Bürste*?«

»Was für Insekten?«

»*Kakerlaken!* Kannst du dir das vorstellen? Kakerlaken!« Papiertaschentücher flatterten auf, dann jagte die darunter entdeckte Bürste in eiligen Strichen durch blonde Haare. »*Kakerlaken!* Auf dem verdammten Klo! Und das war's, ich gehe zu Herbert.«

»Zu Onkel Herbert? Ich dachte —«

»Soll der was tun, hat er ja auch angeboten. Pfeif auf seine blöde Frau, pfeif auf die Nachbarn, ich will doch nicht in diesem Dreckloch hier verrecken …«

Lena musste grinsen. Da redete sie sich seit einer Woche erfolglos den Mund fusselig bei dem Versuch, ihre Mutter zu irgendeiner, egal welcher Initiative zu bewegen. Und dann kam eine stinknormale Küchenschabe, wedelte einmal kurz mit den langen Fühlern in Richtung Klobrille, und in Mama kam Bewegung.

»Sind meine Haare in Ordnung?« Ihre Mutter sah prüfend in ihren Handspiegel. »Mein Gott, ich müsste sie eigentlich waschen, oder? Die liegen nicht richtig …«

»Sie sind okay. Du siehst gut aus.«

Was sogar stimmte. Im Gesicht ihrer Mutter schimmerte plötzlich mehr Farbe, als Petco auf einer seiner Paletten unterbringen konnte. Das Rouge, das sie gerade über ihre Wangen verteilte, war völlig überflüssig.

»Wie stellst du dir das genau vor? Mit Onkel Herbert, meine ich?«

»Weiß nicht genau. Er hat doch Kontakte, Wohnungen, Arbeit, was weiß ich! Ich werde« – der Lippenstift wurde mit einer geübten Bewegung aufgeschraubt, korallenrot fuhr er über die Unterlippe – »werde ihn fragen, ob er uns hilft, finanziell, überhaupt, und ich *pfeife* auf seine bescheuerte kleine Frau!«

»Sagtest du schon.«

»Dann sag ich's eben noch mal! Hört mich ja keiner.« Sie drehte sich um. »Seh ich gut aus?«

»Besser als seit Wochen.«

»Wunderbar.« Die zum Kleid passende Jacke wurde aus dem Schrank gezerrt, die Handtasche geschnappt, die Tür schwang auf.

»Mama, wo ist das Klopapier?«

»Wo es hingehört. Ich hab damit nach dem Vieh geschmissen. Hoffentlich ist sie Matsch, diese Bestie …« Sie holte tief Luft. »Hab ich auch alles?«

»Du siehst wirklich gut aus!«

»Okay, dann …« Im Türrahmen drehte ihre Mutter sich noch einmal um. »Was hast du eigentlich heute vor?«

»Ajokes Mutter macht mir Zöpfe.«

Kein Kommentar, nicht einmal ein Wimpernzucken. Zum dritten Mal an diesem Morgen knallte die Tür zu.

Lena setzte sich. Sie hatte das Gefühl, seit fünf Minuten nicht mehr ausgeatmet zu haben.

Onkel Herbert also, was? Na gut, der war eigentlich ganz in Ordnung. Was allerdings seine Frau anging … Die lagerte wahrscheinlich tonnenweise Klopapier aus irgendeinem Sonderangebot in ihrem Haus. Blütenweiß. Mit Chlor gebleicht. Und höchstwahrscheinlich auch noch irgendwie desinfiziert. Kakerlaken hatten da keine Chance.

★

Kalt war dieses metallene Teil, fand Florin, wahnsinnig kalt. Und das, obwohl seine Hände so heiß waren, dass man Spiegeleier darauf hätte braten können.

»Dietrich«, sagte Knister lakonisch.

»Weiß ich«, fauchte Florin. »Bin ja nicht blöde.«

»Das wird sich zeigen.« Zoni stand mit dem Rücken zum Fenster. Draußen war es diesig, aber hell genug, dass er im Gegenlicht nicht gut zu erkennen war. Es war Florin unangenehm, Zonis Gesicht nicht richtig zu sehen. »Weißt du, wie man mit so einem Ding umgeht?«

»Kann nicht so schwer sein«, murmelte er. »Sieht ja praktisch schon aus wie ein Schlüssel.«

»Erkannt«, sagte Knister. Was typisch für ihn war, diese Einsilbigkeit, wenn Zoni sich in seiner Nähe befand. Ansonsten war er gesprächiger. So wie letztens auf dem Steg, wo er die Klappe weiter aufgerissen hatte, als es Florin je für möglich gehalten hätte.

Ein guter Kumpel war Knister. Ein Freund, wie er ihn sich immer gewünscht hatte, cool, für trockene Witze zu haben, und damit wäre alles gut gewesen …

Wenn da nicht dieser Dietrich wäre.

Florin sah sich um. Es war das erste Mal, dass er in Schmucks Büro gebeten worden war. Eintritt ins Allerheiligste. Der Dicke war irgendwo mit seinem Hund unterwegs. Wieselte wahrscheinlich durch das Hotel, machte die Flure unsicher, nervte die Leute in der Küche, steckte seine Nase in alle möglichen Zimmer, um nach dem Rechten zu sehen, wie er es nannte.

Schnüffler …

Das Büro war schäbig. Klein, dunkel, der Schreibtisch voller Ramsch. Das einzig Interessante war das Modell eines großen Häuserkomplexes, das auf einem Tisch in der Ecke stand. Drei blendend weiße, mehrstöckige Gebäude, halbrund, mit riesigen Fenstern. Ein Swimmingpool, daumengroße Bäume. Der Hafen eingefasst von geschwungenen Mauern, an ein paar winzigen Stegen waren Spielzeugboote festgemacht. Ein graues Tuch lag vor dem Tisch auf dem Boden, wahrscheinlich war das Modell normalerweise damit abgedeckt.

»Das neue Paradies«, bemerkte Zoni, der Florins Blick gefolgt war. »Wenn der Chef genug Knete zusammen hat, macht er den Laden hier dicht.« In weitem Bogen schwang er die Arme auseinander. »Peng, Sprengung, verbrannte Erde! Und dann …«

Florin nickte. Verbrannte Erde, ein neues Paradies ... So lief das also. Dafür brauchte Schmuck das viele Geld, um das er die Leute hier betrog, für das er die Illegalen zum Schuften auf die Baustellen schickte. Für das er Zoni und Knister klauen ließ, und jetzt auch ihn, Florin. Und zwar hier, im Hotel.

Das war sein Gesellenstück. So hatte Zoni es genannt, heute Morgen, draußen auf dem menschenleeren Pier: »Wird Zeit, dass du dein Gesellenstück ablieferst.«

»Mein was?«

»Du sollst zeigen, dass du's draufhast«, hatte Knister sich eingemischt. Und den Blick langsam an der Fassade des Hotels emporklettern lassen, bis rauf zum dritten Stock. Bis zu dem Fenster, hinter dem das Gesicht der blonden Frau zu sehen gewesen war, die hektisch eine Zigarette geraucht hatte. Richtig hektisch, das hatte man selbst auf diese Entfernung sehen können.

»Jeder, der hierherkommt, bringt was mit«, hatte Zoni gesagt. »Jeder, verstehst du? Ganz egal, wie arm sie sind und woher sie kommen, irgendwas schleppen sie mit sich. Wertsachen. Den Notgroschen. Und die Alte da oben ist Deutsche. Wenn die nichts in ihrem Schrank oder unter der Matratze versteckt hat, will ich nicht Zoni heißen.«

Worauf Florin am liebsten eingewandt hätte, dass Zoni ja wohl nicht sein richtiger Name sein konnte. Er hatte es aber nicht getan und stattdessen darüber nachgedacht – o ja, und immer mit Blick auf die rauchende Frau, wie hypnotisiert –, woher Zoni wohl kam und ob er selbst auch etwas mitgebracht hatte. Damals, und woher auch immer, denn Zoni schien gar keine Vergangenheit zu haben. Vielleicht war das so mit manchen Menschen, vielleicht gingen sie der Zeit einfach verloren.

Zoni … Ehemalige Ostzone? Russlanddeutscher, Weißrusse, Ukrainer? Seine Stimme hatte einen leichten Akzent, kaum hörbar. Wann war da dieser Punkt in seinem Leben gewesen, als er beschlossen hatte, nicht mehr auf sich herumtrampeln zu lassen? Wie hatten sie ihn genannt, zu Hause und später dann, als er nach Deutschland kam? Bastard? Drecksrusse? Ostblocksau? Rattenfresser?

Rothaariger Rattenfresser! Dass er einmal so genannt worden war, hatte er seiner Mutter nie erzählt. Weil er ihre Antwort kannte: Dass das Leben manchmal hart mit einem sei, aber dass man anderen mit Gutwilligkeit, Fleiß und zusammengebissenen Zähnen beweisen konnte, wer man war, wen man darstellte. Womit sie, wenigstens zum Teil, recht hatte. Mit zusammengebissenen Zähnen konnte man keine Ratten fressen.

»Wiederhol's noch mal«, riss Zoni ihn aus seinen Gedanken.

»Klar, okay.« Florin schluckte. Sein Blick richtete sich auf das Modell des geplanten Hotelkomplexes. Er wollte sich seine Aufregung nicht anmerken lassen, und gerade deswegen schien es ihm, als könnten Zoni und Knister sie riechen, richtig riechen. Die Aufregung, die ihn gepackt und fest im Griff hatte, war wie Angst, die man aus jeder Pore ausschwitzt. Verdammt, wahrscheinlich *war* es Angst. Dabei war der Unterschied doch nicht so groß zwischen einem Einbruch in einen Supermarkt und dem in ein winziges Zimmer, oder? Wenn man außer Acht ließ, dass er diesmal allein sein würde, auf sich gestellt. »Okay, ich gehe also rauf in den Dritten. Marschiere über den Gang —«

»Wie bei einem Einkaufsbummel«, grinste Knister.

»— und warte, bis die Luft rein ist. Ich muss mich beeilen, weil man nie weiß, wann jemand aus seinem Zimmer gelatscht kommt.«

»Und wie du dich beeilen musst, Rotkopf!« Zoni schnippte mit den Fingern. »Ratzfatz muss das gehen!«

»Wird es auch.«

Er hasste es, wenn Zoni ihn Rotkopf nannte. Irgendwann würde er ihm das sagen. Irgendwann, wenn er weniger aufgeregt war. Wenn seine Hände weniger schwitzten und er nicht befürchten musste, dass ein metallener Dietrich ihm zwischen den Fingern zerlaufen würde wie ein schmelzender Eiswürfel. »Ich klopfe an, um rauszukriegen, ob die kleine Blonde da ist. Falls ich ihre Schritte hinter der Tür höre, zische ich sofort ab.«

»Die hängt mit der Schwarzen rum«, warf Knister ein. »Hundertprozentig.«

»Wenn sie nicht da ist, dann … Also, ich benutze den Dietrich. Gehe rein und sehe überall nach, schnell. Bett, Schrank, Koffer.«

»Korrekt«, sagte Zoni. Was unheimlich war, weil man nicht sehen konnte, wie seine Lippen sich bewegten. Er stand im Gegenlicht vor dem Fenster wie ... wie in einer nebligen silbernen Wolke oder so was. Stand absichtlich dort, damit man sein Mienenspiel nicht abschätzen konnte.

Florin räusperte sich. »Und ihr haltet die Alte auf, falls sie zurückkommt! Und ihre bescheuerte Tochter.«

Irgendwann heute Morgen hatte die Frau oben am Fenster, Lenas Mutter, sich abgewandt. Eine Viertelstunde später war sie wie von der Tarantel gestochen aus der Eingangshalle des Hotels gestürmt, aufgedonnert, fregattenmäßig, rotes Kostüm, richtig schick. Zu schick für diese Gegend. Leuchtend hatte das rote Kostüm sich abgehoben von dem regnerisch grauen Himmel, der heute wie Blei auf die Erde drückte.

»Nur keine Panik«, sagte Zoni. »Wir stehen Schmiere, Knister hier unten in der Halle, ich auf der Treppe zum Dritten.« Er hakte die Daumen in die Taschen seiner Jeans. »Wie sieht's aus, kannst du auf zwei Fingern pfeifen?«

Florin schüttelte den Kopf.

»Aber ich. Wenn du uns also pfeifen hörst, dann rennst du, ist das klar?«

»Und wenn ...« Florin räusperte sich. »Wenn es zu spät ist? Wenn Knister zum Beispiel die Alte in der Halle übersieht und sie, was weiß ich, schnell die Treppen raufkommt und einfach an dir vorbeistürmt?«

Zoni schüttelte den Kopf, als könne er es nicht fassen,

dass jemand seine Kompetenz infrage stellte. Oder seine Pfeifkünste. Oder was auch immer. *O Scheiße*, dachte Florin, *ich bin so aufgeregt!*

»Wenn alles zu spät ist, Rotkopf«, sagte Zoni mit breitem Grinsen, »bleibt dir immer noch der Sprung aus dem Fenster. Klar?«

★

Einige der winzigen Glasperlen waren gelb und wurden von Lenas blondem Haar einfach verschluckt, andere waren rot oder grün. Die meisten jedoch waren blau, und Efrem fand das nur angemessen, denn sie passten zur Farbe von Lenas Augen.

Und alle leuchteten. Leuchteten von innen heraus, als hätten sie ein eigenes kleines, pulsierendes Herz. Perle um Perle wurde von Ajokes Mutter mit geschickten Fingern in Lenas Haare geflochten, und jede einzelne von ihnen sandte kleine Lichtstrahlen aus. Efrem dachte an die Lichter in der Stadt, die ebenfalls bunt, aber kalt gewesen waren. Das hier war anderes Licht, warmes Licht. Es gehörte zu Lena, aber ebenso gehörte es zu Ajoke und ihrer Mutter, zu Ajokes Geschwistern, sogar zu ihrem komischen Vater, der vor dem laufenden Fernseher saß und nur ab und zu einen misstrauischen Blick auf seine Familie und die Gäste warf, die das kleine Zimmer schier überfüllten.

Lena und Ajoke lachten, muntere Worte flogen hin und her, kleinen Bällen gleich, die aufgefangen und sogleich weitergeworfen wurden. Efrem konnte sich an der Unterhaltung nicht beteiligen, doch das war ihm gleichgültig. Es machte ihn glücklich, einfach dabei zu sein, zu wissen, dass ihm hier nichts geschehen konnte, sich ein wenig wie zu Hause zu fühlen. Zwischen all dem Gelächter hatte Angst keinen Platz – Angst vor Knister und Zoni, Angst vor den Polizisten mit ihren schweren, schwarzen Stiefeln, Angst selbst vor einem roten Bonbon. Und Angst um Asrat, der gestern nur um ein Haar den Beamten entwischt war, der von dem dicken Hotelbesitzer um seinen Verdienst betrogen worden war, der heute wieder arbeitete, weil ihm nichts anderes übrig blieb, wenn sie nicht verhungern wollten. Sie brauchten Schmuck und sein Hotel.

Seit gestern war Schmuck in Efrems Träumen ein Ungeheuer. Zoni mochte böse sein, und das war schlimm genug, doch Schmuck war ein Ungeheuer. Er besaß diesen großen Hund, der gefährlich aussah, es aber nicht war. So viel wusste Efrem, der Hund war harmlos und gutmütig. Es war Schmuck, es war die Seele des dicken Hotelbesitzers, die in Wirklichkeit lange, spitze Zähne hatte. Die Augen besaß, dunkler als jede Dunkelheit, tiefer als der tiefste Abgrund. Zoni war böse, aber Schmuck war *schlecht*, verdorben wie ein wurmstichiger, von innen heraus zerfressener Apfel.

»Fertig«, sagte Ajokes Mutter. Efrem schnappte das Wort automatisch auf, es war eines der einfacheren. In seinem Kopf sortierte er es in ein Fach, wo für weitere Worte Platz war, die das Ende einer Tätigkeit bedeuteten.

Lena stand auf, und alle Anwesenden klatschten begeistert in die Hände, als sie, mit strahlenden Augen, ihre blonden Haare schüttelte. Wieder glänzten die Perlen. Und als sie diesmal glänzten, fiel Efrem etwas ein. Etwas, das er gestern gesehen und gleich darauf wieder vergessen hatte, weil es nicht mehr gewesen war als ein Splitter, eines der Bilder, in die die Welt auseinandergefallen war, nachdem Knister und Florin ihm den Faustschlag auf die Nase versetzt hatten. Da hatte auch etwas geglänzt. Etwas, das wichtig war, bedeutend. Etwas, das aus irgendeinem Grund zu einer noch älteren Erinnerung gehörte. Da war auch ein Geruch, der Geruch nach geschnittenem Gras, Heu …

Efrem versank völlig in sich selbst. Er versuchte, das gestrige Bild zurückzuholen, es mit der Erinnerung an den Geruch von Heu zu verbinden. Das war schwierig. Das Bild hatte keine Kanten, keine Ecken, nichts, woran man es festhalten konnte. Es war wie die Seife, die Asrat benutzte, um sich zu waschen, wenn er abends von der Baustelle kam, glitschig wie eine Schlange, deren geschuppter, glatter Leib sich den nach ihr greifenden Fingern entwand. Ja, wie ein Schlange, oder vielleicht wie zwei Schlangen, die …

… *sich winden auf einer silbernen Gürtelschnalle, Knisters Gürtelschnalle, die in der Sonne blitzt, als zwei Pässe in seiner Hosentasche verschwinden, und in der Luft hängt Nebel und der Geruch des nahen Flusses und der Duft von geschnittenem, vertrocknendem Gras …!*

»Ajoke«, sagte Efrem.

Das war alles, was er sagen konnte, bevor von irgendwo aus dem Hotel aufgeregtes Schreien und gebrüllte Worte ertönten, bevor Lena erschreckt aufsah und etwas flüsterte, bevor alle aus dem Zimmer stürmten, nach unten in die Eingangshalle.

Die Gürtelschnalle würde warten müssen, genauso wie das rostige Schiff, von dem er den Mädchen noch immer nicht berichtet hatte. Efrem war der Letzte, der aus dem Zimmer hinaus in den Flur stürzte und nach unten in die Eingangshalle rannte.

★

Mann, es war so verdammt gut! Breitwand, 70 mm. Dolby-Surround, dass die Boxen nur so krachen. Und dazu grellbuntes, altes Technicolor aus einer Zeit, als Farben noch Farben waren. Es war Kino, wie es sein sollte – nein, es war besser! Es war *live*, und das musste man genießen, sich auf der Zunge zergehen lassen … auf der Netzhaut, um genau zu sein.

Grinsend lehnte Zoni sich in den zerschlissenen Sessel zurück, in dem sonst Florin zu sitzen pflegte, und beobachtete das Schauspiel an der Rezeption. Eine Cola käme jetzt gut und eine Kippe, Popcorn, und dann Beine hochlegen, *Film ab* …

»Das ist Diebstahl, verstehen Sie! Diebstahl!«

Die Alte zog wirklich die Show des Jahrhunderts ab. Und das viel früher, als er angenommen hatte. Florin musste vergessen haben, den Schrank wieder zu schließen, nachdem er das Silberbesteck rausgeholt hatte. Sonst hätte sie den Verlust gar nicht so schnell bemerkt, und Junge, war die fix gewesen! Treppen rauf, kreischen, Treppen wieder runter, keine Minute hatte das gedauert, und das bei drei Stockwerken! Und jetzt stand sie vor Schmuck, brüllte sich die Seele aus dem Leib, der Kopf so rot wie ihr verschickstes Kostüm, und lockte ein immer größer werdendes Publikum an, das die Treppen füllte.

»Ich verlange, dass Sie sofort die Polizei rufen!«

»Nun regen Sie sich erst mal ab, gute Frau.«

»Ich bin nicht Ihre gute Frau! Ich bin bestohlen worden, um Wertsachen, mit denen ich die Kaution für meine neue Wohnung bezahlen wollte, und …«

Der Rest des Satzes ging für Zoni unter, weil er die Überraschung auf dem Gesicht der kleinen Blonden sehen konnte. Stand da, mit Perlchen im Haar, als hätte ihr jemand bunte Ostereier an die Birne geworfen, und, na ja, glotzte eben. Die liebe Mami war also unterwegs gewesen, um sich nach einer neuen Bleibe umzusehen, und sie hatte dabei Glück gehabt!

Was bedeutete, dass er, Knister und Florin ebenfalls Glück gehabt hatten. In wenigen Tagen wäre der Einstieg ins Zimmer dieser hysterischen Zicke – und wie hysterisch sie war, sie beschimpfte Schmuck gerade als arroganten Fettkloß – nicht mehr drin gewesen. Da hätte es geheißen: *Adios, farewell, au revoir.* Und dahin wäre sie gegangen, die

Schickse, und mit ihr das hübsche Silberbesteck, das auf dem grauen Markt ein nettes Sümmchen bringen dürfte.

»Und ich sage Ihnen noch etwas: Ich weiß genau, wer für den Diebstahl verantwortlich ist«, keifte das rote Kostüm jetzt.

Na, da waren wir doch mal gespannt, auch wenn es so spannend nun auch wieder nicht war. Sündenböcke gab es im Paradies mehr als genug, und hundertprozentig ging der Einbruch auf das Konto irgendwelcher …

»Ausländerkinder! Wie die da!«

Ein anklagender Zeigefinger des roten Kostüms deutete auf Ajoke und alle, die sich derzeit in deren Dunstkreis aufhielten. Den kleinen Schwarzen eingeschlossen, der jetzt genauso große Augen machte wie neulich am Fluss, als sein Bruder in die Mündung der Knarre geblickt hatte.

»Wenn Sie das nicht sofort zurücknehmen –«

Ah, jetzt mischte sich die schwarze Hauptrolle ein, der Papa persönlich! Das weckte Zonis Interesse. Wenn man den nicht bremste, ging er der Schickse gleich an den Hals, um seine Kinder zu verteidigen.

»Ich sehe die doch hier herumlaufen, jeden Tag, mit Eis und Cola und sonst was! Wo sollen die das denn herhaben, wenn nicht von dem Geld, das sie anderen Leuten –«

Jetzt ging es ein bisschen drunter und drüber. Die kleine Blonde – Lena – fiel ihrer Mutter ins Wort, die schwarze Mama warf sich dem schwarzen Papa in den Weg, ihre kleinen Bälger kreischten, und alle zusammen veranstalteten einen solchen Speck, dass selbst der arme Wotan, das Sensibelchen, den Schwanz einzog. Nur Schmuck stand ungerührt hinter der Rezeption, als sei er der Zeremonienmeister der ganzen Angelegenheit. Keine Regung.

Und derweil, dachte Zoni amüsiert, *versteckten Knister und Florin das Silberbesteck auf der Krokus.* Wahrscheinlich würden sie sich ärgern, wenn er ihnen später erzählte, was sie hier verpasst hatten. Andererseits – er schaute von seinem Sessel aus in die Runde –, andererseits war die ganze Aktion inzwischen zu einem ziemlich miesen Film geworden. Keifende oder heulende Schauspieler, schlechte Nebendarsteller, blöde dreinglotzende Komparsen, die sich in der Eingangshalle versammelten. Allgemeines Geschrei. Die Schickse zerrte ihre protestierende Tochter die Treppe hinauf nach oben, der schwarze Papa donnerte mit einer Faust wutentbrannt auf den Holztisch an der Rezeption, Schmuck gab ein meckerndes Lachen von sich. Jeder Regisseur hätte in diesem Chaos die Szene längst abgebrochen.

Zoni erhob sich behäbig aus dem Sessel und verließ die Eingangshalle wie ein Schatten. Gut, dass er kein Geld in Popcorn oder Cola investiert hatte. Diese Klamotte war ihr Geld nicht wert. Irgendwie war dieser ganze Film plötzlich zu … unterbelichtet.

★

Sie bewahrte das Foto in ihrem Poesiealbum auf. Nur war *aufbewahrt*, wenn sie sich selbst gegenüber ehrlich war, nicht das richtige Wort. Sie hielt es *versteckt*, aus Angst, ihre Mutter würde es zerreißen, wenn sie es zufällig zu Gesicht bekäme. Das hatte sie mit allen Fotos von Papa gemacht, nachdem er gegangen war. Mit allen, bis auf dieses eine.

Ihre Decke und das Kopfkissen zusammengerollt im Rücken, saß Lena auf dem Bett und studierte das Foto. Ihr Vater sah gut aus darauf. Er trug kurze Jeans und ein weites Sommerhemd, stand auf einem Segelboot von Freunden. Glitzerndes, von schwachem Wind kaum gekräuseltes Wasser, Sonne irgendwo, Wolken wie aus Puderzucker an den Himmel gesiebt. Und da war dieses Lachen auf seinem gebräunten Gesicht, sein schönes, unbekümmertes Lachen, das sie so sehr vermisste, nach dem sie sich so sehr sehnte …

Es war dieses Lachen, das sie sicher sein ließ, ihren Vater nicht wiederzusehen, wenigstens nicht auf absehbare Zeit. Irgendwann war sein Leben kompliziert geworden. Es hatte ihm Hindernisse in den Weg gestellt, und das hatte er nicht ertragen. Er war es nie gewohnt gewesen, Hindernisse als Herausforderungen zu begreifen und ihnen entgegenzutreten. Er segelte, wie auf dem Foto, nur bei gutem Wetter und bei ruhiger See.

Lena wusste, dass sie Wut auf ihren Vater haben sollte, nicht auf ihre Mutter. Er hatte ihnen diesen Schlamassel eingebrockt, hatte das Geschäft in den Sand gesetzt, war abgehauen. Seine Frau und seine einzige Tochter waren ihm scheißegal gewesen, waren es immer noch. Dessen war sie sich bewusst, auch ohne dass Mama sie täglich daran erinnern musste. Und doch war sie wütend auf Mama ...

Wozu sie, wenigstens im Moment, allen Grund hatte. Sie klappte das Poesiealbum kurz entschlossen zu, schob es unter die Matratze und sah zur Zimmertür. Zur *abgeschlossenen* Zimmertür. Es war unglaublich, und lächerlich noch dazu: Sie hatte Stubenarrest! Der war das Ergebnis eines handfesten Streits, bei dem Mama alle Asylbewerber als Diebe und Verbrecher bezeichnet hatte, Lenas Freunde an erster Stelle. Weder Argumente noch Beleidigungen hatten sie beruhigen oder gar von ihrer Meinung abbringen können; Lena hatte sich den Kopf an einer felsenfesten Mauer aus Vorurteilen und kaum unterdrücktem Hass eingerannt. Und am Schluss war da nur noch das Verbot gewesen, ihre Freunde wiederzusehen, und das Klacken des Schlüssels im Schloss der Zimmertür, als Mama zum zweiten Mal an diesem Tag das Hotel verließ. Trotz des schlechten Wetters, trotz des Regens, der inzwischen draußen eingesetzt hatte und der dem roten Kostüm nicht bekam, war sie noch einmal zu Onkel Herbert abgezischt, der plötzlich zum Heilsbringer aufgestiegen war, zum großen Fels in der Brandung, bei dem man sich ausheulen konnte. Na gut, er hatte eine Wohnung für sie in Aussicht, und vermutlich musste man ihm dafür dankbar sein ...

Nachdenklich betastete sie die bunten Glasperlen in ihrem Haar, spürte das feste, regelmäßige Muster der unzähligen kleinen Zöpfe, die sich noch ein wenig fremd anfühlten unter ihren Fingern. Der Tag hatte so gut angefangen, bei Ajoke und deren Eltern und Geschwistern. So gut, dass sie sich vorstellen konnte, es doch noch eine ganze Weile hier auszuhalten.

Bis du neue Turnschuhe brauchst, höhnte eine Stimme in ihrem Kopf. *Bis deine Freundinnen dich in der Schule danach fragen werden, wo du in Urlaub warst oder ob du Lust hast, mit zu McDonald's zu gehen, einmal Cheeseburger, zweimal Big Mac, dreimal große Fritten, vergiss die Cola nicht, und heute bezahlst du, Lena, okay?*

Lena stöhnte auf, schnappte sich ihr Kissen und zog es sich über den Kopf. Sie war niedergeschlagen, ihr war zum Heulen zumute. Nur dass Heulen die Sache nicht besser machen würde …

»Lena?« Jemand klopfte an die Tür. »Mach mal auf! Ich muss dir was erzählen!«

Das war Ajoke! Sie sprang aus dem Bett und lief zur Tür. »Ich kann nicht. Meine Mutter hat mich eingeschlossen, die blöde Kuh! Ich hab Stubenarrest!«

»Ich hab sie aus dem Hotel gehen sagen«, sagte Ajoke. Es folgte eine so lange Pause, dass Lena überlegte, ob sie ihr erklären sollte, was Stubenarrest war. Vielleicht gab es das nicht in Angola, vielleicht gab es da nur … *Hüttenarrest* oder so was. Der Gedanke belustigte und beschämte sie zugleich. Warum fielen einem, wenn man an Schwarze dachte, sofort irgendwelche blöden Strohhütten ein, obwohl man genau wusste, dass es in den Städten Afrikas die gleichen Häuser und Straßen, Kinos und Restaurants gab wie überall auf der Welt, ganz zu schweigen vom gelben Doppelbogen von McDonald's?

»Wie lange?«, rief Ajoke von draußen.

»Was?«

»Wie lange hast du Stubenarrest?«

»Weiß nicht. Wahrscheinlich bis morgen oder so.« Sie überlegte kurz. »Aber vielleicht können wir uns später treffen, oder besser noch heute Nacht. Wenn meine Mutter schläft.«

»Im äußeren Treppenhaus? An unserem Fenster?«

»Gute Idee.« Lena lächelte dankbar. An *unserem* Fenster – das klang gut. Das klang nach Geheimnis und Vertrautheit. Nach Freundschaft. »Wie wäre es, was weiß ich, um ein Uhr?« Das erschien ihr beinahe beängstigend spät, doch je später, umso sicherer.

»Eins ist gut.«

»Um was geht es überhaupt?«

»Erkläre ich dir heute Nacht. Es ist wichtig.«

Ajokes Stimme war immer leiser geworden. Lena wusste, dass mindestens zehn Leute soeben ihre Unterhaltung belauschten. Die Wände im Paradies waren dünn. Und wer wusste schon, wo Schmuck oder seine Spitzel sich herumtrieben.

»Efrem hat mir etwas erzählt«, flüsterte Ajoke. Sie war

kaum noch zu verstehen. »Vorgespielt, meine ich. Es hat eine halbe Stunde gedauert, bis ich aus seinem Herum-gerudere schlau geworden bin.« Noch leiser jetzt, kaum hörbar. »Ich glaube, hier im Hotel läuft eine ganz schräge Sache ab.«

9. Kapitel

Asrat trug eine helle Stofftasche bei sich. Anfangs war es schwierig, ihn unauffällig zu verfolgen, weil er sich auf dem Weg durch das alte Hafengebiet mehrfach umdrehte und zurückblickte in Richtung des im Dunkeln liegenden Hotels. Wann immer das geschah, verschmolz Efrem rasch mit den Wänden der Lagerschuppen, oder er versteckte sich zwischen Büschen, deren kleine, gelbe Blüten, der Nacht zum Trotz, weit geöffnet waren und einen betörend süßen Duft verströmten.

Auf der Hauptstraße war es leichter, Abstand zu halten, ohne seinen Bruder dabei aus den Augen zu verlieren. Die Scheinwerfer vorüberfahrender Autos verwandelten Asrat in einen Scherenschnitt vor der näher rückenden Kulisse der Hochhäuser. Die Stadt selbst schien sich mit Einbruch der Dunkelheit verändert, ihre Lichter vertausendfacht zu haben. Gegen seinen Willen schlug das magische kalte Funkeln Efrem in seinen Bann; er fühlte sich davon angezogen wie ein herumirrender Nachtfalter vom Licht einer einsamen Straßenlaterne. So viel Kälte …

In der Stadt angekommen, überquerte Asrat mit sicheren Schritten mehrere Straßen. Sein Ziel war ein riesiges, von allen Seiten beleuchtetes Gebäude: säulengestützter Vorbau, die Fassade mit allerlei Verzierungen geschmückt, hauptsächlich steinerne, rußgeschwärzte Engel, die von diesem oder jenem Mauervorsprung neugierig nach unten lugten. Und überall Busse, Taxis, Autos. Die Nachtluft vibrierte unter zahllosen Lautsprecherdurchsagen, überall waren Menschen unterwegs, viele mit Koffern und Reisetaschen. Die seltsamsten Gerüche stiegen Efrem in die Nase, keiner von ihnen wollte ihm gefallen. Es dauerte eine Weile, bis er begriff, dass das Ziel seines Bruders der städtische Bahnhof gewesen war. Unsicher sah er sich um, nur um verwundert festzustellen, dass von ihm keinerlei Notiz genommen wurde. Als sei es nichts Außergewöhnliches, dass sich hier nachts kleine Jungen herumtrieben.

Im Schutze einer der geriffelten hohen Säulen, in sicherer Distanz zu Asrat, blieb er stehen. Er beobachtete, wie sein Bruder sich vor einem der Seitenausgänge des Bahnhofs an einer Mauer postierte, abseits der Betriebsamkeit und der hellsten Lichter. Die Stofftasche hielt er verkrampft zwischen den Händen.

Es war die Neugier auf das, was sich in der Stofftasche befand, die Efrem dazu bewegt hatte, seinen Bruder zu verfolgen. Der war, wie gewöhnlich, am Abend von der Baustelle nach Hause gekommen. Sie hatten gemeinsam gegessen, ein wortkarges Mahl, dann hatte Asrat sich gewaschen und war zu Bett gegangen. Eine ganze Weile später war er wieder aufgestanden, sorgfältig darauf bedacht, jedes auch noch so kleine Geräusch zu vermeiden. Er musste vermutet haben, dass Efrem bereits tief und fest schlief. Doch Efrem hatte wach gelegen. Er hatte auf die Traumvögel gewartet.

Sie kamen jetzt jede Nacht, und sie ließen sich kaum noch vertreiben. Geräuschvoll heischten sie nach Aufmerksamkeit, schlugen heftig mit den schwarzen Flügeln; ihre plumpen Leiber füllten das ganze Zimmer aus. Wenn sie sich schließlich auf Asrat niederließen, stöhnte er angstvoll im Schlaf. Manchmal zitterte er. Dann wieder entspannte er sich, die Traumvögel schwiegen, und um seinen Mund lag beinahe so etwas wie ein Lächeln. Vielleicht, überlegte Efrem dann, ging es seinem großen Bruder in solchen Momenten wie ihm selbst. Vielleicht hatte auch Asrat dann Träume von ihrer Heimat, sehnsuchtsvolle Träume, von denen man empfangen wurde wie von einem alten Freund.

Der Wunsch, nach Äthiopien zurückzukehren, pochte in Efrem inzwischen wie ein zweites Herz. Dieses Deutschland gefiel ihm nicht. Es war nicht der verzauberte Ort, von dem Asrat ihm erzählt hatte, von dem Asrat selbst nur erzählt worden war von einem Mann, der ihnen für viel Geld – alles, was sie besaßen – die Reise hierher organisiert hatte. Und jetzt war der Rückweg nach Äthiopien versperrt. Ohne Pässe, so hatte Asrat erklärt, waren sie Gefangene in einem Land, das seinen Reichtum nicht mit ihnen teilen wollte. Sie waren Gefangene von Menschen wie Zoni und Schmuck. Vielleicht war es das, was die Vögel Asrat mitteilten, indem sie es mit spitzen Schnäbeln in seine Träume hackten.

Doch heute waren die schwarzen Traumvögel nicht gekommen. Vorsichtig blinzelnd hatte Efrem aus dem Bett heraus beobachtet, wie sein Bruder in seine Hosen schlüpfte, die Stofftasche aus einem der Schränke holte und das Zimmer verließ. Erst dann war er ebenfalls aufgestanden, hatte sich in Windeseile angezogen und war Asrat gefolgt, bis hierher. Zum Bahnhof.

Mehrere Minuten lang geschah nichts. Aus seinem Versteck hinter der Säule beobachtete Efrem, wie Asrat im Halbdunkel an der Mauer stand, die Tasche in den Händen. Nur die Augen des Bruders bewegten sich, schweiften wie suchend hin und her. Endlich schlenderten zwei junge Männer auf Asrat zu, Schatten im Schatten. Irgendwo in Efrems Kopf ertönte eine winzige Alarmglocke. Eine Weile gingen die Männer nur vor Asrat auf und ab. Dann traten sie näher, sprachen durch Gesten mit ihm, zeigten auf die Stofftasche. Asrat öffnete die Tasche und ließ die beiden einen Blick hineinwerfen. Er bedeutete etwas mit den Fingern einer Hand – Zahlen? Den Preis für das, was die Tasche beherbergte? Einer der Männer schüttelte ablehnend den Kopf. Der andere wurde laut, dann heftig. Bevor Efrem begriff, was geschah, war ein Handgemenge entstanden. Im nächsten Moment hatten die Männer Asrat geschubst, er fiel hin und schrie auf. Etwas klirrte und schepperte, als ihm die Stofftasche entglitt und zu Boden fiel.

Efrem stürzte los. Vielleicht war es nur das Klappern seiner Schritte auf dem nackten Asphalt, das die Männer vertrieb, vielleicht waren es seine lauten Schreie, denen außer den beiden Angreifern niemand Beachtung schenkte. Als er bei Asrat angelangt war, waren die beiden Männer verschwunden.

»Asrat!«

Neben seinem Bruder warf er sich auf die Knie. Asrat blutete. Er blutete nicht wirklich, nicht aus dem Mundwinkel oder aus der Nase; schließlich war er nur angerempelt worden. Dennoch war das Ergebnis schlimmer als ein Schlag ins Gesicht: Asrat blutete im Herzen. Efrem konnte es in seinen Augen lesen, die trübe waren und unendlich müde. Sein großer Bruder war nicht einmal überrascht, ihn hier zu sehen.

»Geh nach Hause«, sagte er. Er rappelte sich mühsam auf, erhob sich und klopfte seine verschmutzte Hose ab.

»Wer waren die Männer?«

»Niemand.«

»Und was … was ist in der Tasche?«

»Geh zurück ins Hotel, Efrem.« Wieder ertönte das Klimpern, als Asrat die Tasche aufhob, wie das Schlagen einer Vielzahl heller, kleiner Glocken. Silber blitzte auf.

»Das sind gestohlene Sachen, oder?«

Er zuckte zurück, als er den plötzlich auflodernden Zorn in den Augen seines Bruders sah, ziellose Wut, die nach einem Ausgang suchte, ganz gleich in welche Richtung. Für einen Moment glaubte er, Asrat würde ihn schlagen oder zumindest anschreien. Dann war der Moment vorüber. Asrats Augen wurden wieder weich.

»Efrem, was sich in der Tasche befindet, ist Essen und ein Bett für uns und ein Dach über dem Kopf. Und bis ich eine Möglichkeit gefunden habe, uns neue Pässe zu besorgen, wird es noch viele solcher Taschen geben.«

Neue Pässe … Er hatte überlegt, ob er Asrat darauf aufmerksam machen sollte, dass Knister und Zoni für den Diebstahl ihrer Pässe verantwortlich waren. Doch was würde das ändern? Die beiden würden den Überfall am Fluss abstreiten, und sie gehörten zu Schmuck. Schlimmstenfalls würde Asrat seine Arbeit auf der Baustelle verlieren oder noch einmal verprügelt werden. Dann würde er wirklich bluten, wie damals am Fluss. Nein, es war besser, dieses Wissen für sich zu behalten. Und jetzt, da Asrat neue Pässe besorgen wollte …

»Was machen wir, wenn wir neue Pässe haben?«

»Dann gehen wir zurück.« Asrat beugte sich zu ihm herab, legte ihm die Hände auf die Schultern und sah ihm in die Augen. »Zurück nach Hause, Efrem.«

Es war ein Versprechen, das sein Herz höherschlagen ließ. Sogar die steinernen Engel auf den Mauervorsprüngen hatten es gehört, denn als er zu ihnen aufblickte, sah er die rußgeschwärzten Köpfe leise nicken. Ja, es war ein Versprechen. Und weil die Engel Zeugen waren, würde Asrat es halten müssen.

★

Im schwachen Schein der Nachtbeleuchtung huschte Lena durch die langen Gänge des Hotels. Beinahe ein Uhr. Um diese Zeit war das Paradies ein anderer Ort. Aus den wenigsten Zimmern erklangen Geräusche. Nur hier und dort waren Bruchstücke leiser Unterhaltungen zwischen den Bewohnern hörbar oder blecherne Stimmen aus Radios und Fernsehapparaten. Irgendwo dudelte Musik. Ein Streit war im Gange, ein Stockwerk tiefer.

Es war ein Leichtes gewesen, sich aus dem Zimmer zu schleichen. Mama schlief tief und fest – heute war der erste Abend gewesen, an dem Lena sich verkniffen hatte, abfällige Bemerkungen über die Schlaftabletten zu machen. Mama war immer noch mürrisch gewesen, als sie von Onkel Herbert zurückgekommen war; die hoffnungsfrohe Aussicht auf eine eigene Wohnung hatte den Verlust des Silberbestecks nicht aufwiegen können.

»Dieses bescheuerte Besteck!«, flüsterte Lena. Sie öffnete die schwere, kalte Metalltür zum äußeren Treppenaufgang des Hotels.

Wäre es nicht der Diebstahl des Tafelsilbers gewesen, hätte Mamas Frust über ihre miese Lage sich früher oder später an etwas anderem entzündet. Gut, vielleicht waren die Kakerlake, der Einbruch und der an beides geknüpfte Schock die einzige Möglichkeit für sie gewesen, aus dem aussichtslosen Kreis auszubrechen, den ihre Gedanken tagelang und ohne Unterbrechung gedreht hatten, während sie, rauchend und unter Tabletteneinfluss, auf ihrem Bett gelegen und die Zimmerdecke angestarrt hatte. Dennoch … Das hätte für sie kein Grund sein dürfen, Ajoke und Efrem des Diebstahls zu bezichtigen.

Ausländerkinder – wie sich das schon anhört! So ein absoluter Quatsch! Und so ungerecht!

Sie nahm die ersten Stufen nach oben, begleitet vom tappenden Echo ihrer Schritte, das sich im dunklen Wendelgang des Treppenhauses fing. Warum, überlegte sie, war es für Mama so viel einfacher gewesen, die Schuld an der eigenen Misere Schwächeren in die Schuhe zu schieben, Menschen, die ohnehin benachteiligt waren und sich kaum wehren konnten? Weil Papa, der eigentlich für ihre Lage verantwortlich war, nicht greifbar war? Und wäre er verfügbar gewesen: Hätte Mamas Hass sich ihm gegenüber in derselben Form entladen wie gegenüber den Ausländern im Paradies? So höhnisch, so von Vorurteilen triefend, so unüberlegt … so verletzend?

Vielleicht. Nachdem das gemeinsame Geschäft ihrer Eltern gescheitert war, hatte es in der alten Wohnung Streitereien gegeben, bei denen Lena sich in ihr Zimmer geflüchtet und die Bettdecke über die Ohren gezogen hatte. Heftige Kräche, bei denen Mama und Papa sich angeschrien und einen Dreck darum geschert hatten, ob Lena oder sonst wer sie dabei hörte. Sie hatten Worte wie Waffen benutzt und damit einander Wunden zugefügt, die niemand sah. Diese

Wunden saßen tief, wenigstens bei ihrer Mutter. Was ihren Vater anging … Wer konnte das schon wissen? Er würde nicht wiederkommen, um es ihr auseinanderzusetzen.

Sechster Stock. Sie umrundete den letzten Absatz und sah Ajoke, die wie eine Statue in einem schmalen Streifen Licht hockte, der durch die Maueröffnung fiel. Ihre Freundin blickte ihr entgegen und hob grüßend eine Hand. Und da war noch jemand, klein, gedrungen …

Überrascht bemerkte Lena, dass die schmale Gestalt an Ajokes Seite nicht Efrem war, wie sie erwartet hatte, sondern Juaila. Die Kleine hielt ihren Teddybären umklammert und starrte sie aus großen Augen an.

»Was ist denn hier los? Familientreffen?«

Ajoke schnaubte. »Sehr witzig! Sie hat mitgekriegt, wie ich mich aus dem Zimmer geschlichen habe. Wenn ich sie nicht mitgenommen hätte, hätte sie Alarm geschlagen.«

Als wüsste sie, dass die Worte ihr gegolten hatten, verzog Juaila den Mund zu einer beleidigten Schnute und begann zu wimmern. Ajoke beugte sich zu ihr hinab und murmelte etwas in ihrer Landessprache. Wie auf Kommando begannen die aufsteigenden Tränen wieder zu versickern. Juailas Schnute machte einem zufriedenen, breiten Grinsen Platz.

»Was hast du ihr gesagt?«, fragte Lena.

»Dass sie statt dem einem Pfund Eis, das ich ihr vorhin schon versprochen habe, ein ganzes Kilo kriegt, wenn sie endlich die Klappe hält.« Ajoke streichelte ihrer Schwester über den Kopf. »Und darüber freut sich meine süße kleine Pestbeule, hm?«

Lena kicherte.

Ajoke stand auf, trat an die Maueröffnung und winkte sie zu sich. »Guck mal runter. Sie sind da drin.«

»Wer ist wo drin?«

»Zoni, Knister, Florin«, zählte Ajoke auf. »In der *Krokus*. Das rechte von den beiden Schiffen da unten am Pier.«

Lena beugte sich zur Luke hinaus und sah nach unten, zum Hafenbecken. Der Mond spiegelte sich auf dem ruhigen schwarzen Wasser, Pier und Schiffe waren in milchiges Licht getaucht. Zu sehen war niemand. Am Horizont erhoben sich, wie eine Luftspiegelung, die funkelnden Hochhäuser der Stadt. Sie zog den Kopf wieder ein. »Und was machen die da unten?«

»Geklautes Zeug verstecken«, antwortete Ajoke nüchtern. »Vielleicht ist euer silbernes Besteck dabei.«

Lena hätte nicht einmal behaupten können, dass diese Nachricht sie überraschte. Zoni und Konsorten war alles zuzutrauen. Kein Wunder, dass Knister und Florin so aufgebracht gewesen waren, als sie Ajoke und sie selbst neulich da unten auf dem Holzsteg vorgefunden hatten. Sie dachte an den Tag, an dem Efrem mit Steinen nach den beiden Jungen geworfen hatte. »Wo ist der eigentlich?«, murmelte sie.

»Wer?«

»Efrem.«

»Keine Ahnung. Der wird schlafen.«

»Und er hat dir erzählt, was nachts da unten vorgeht?«

»Ja.«

Ajoke setzte sich wieder neben ihre Schwester und legte einen Arm um deren Schultern. Juaila gähnte. Mit etwas Glück, dachte Lena, würde sie gleich einschlafen, dann hätten sie ihre Ruhe.

»Vielleicht ist da auch noch irgendwas anderes, ich weiß nicht«, sagte Ajoke. »Es ist ziemlich schwierig, sich mit Händen und Füßen zu unterhalten.«

»Sag mal …« Lena überlegte. »Es kann doch nicht sein, dass das sonst noch nie jemandem aufgefallen ist, oder? Ich meine, Efrem war doch sicher nicht der Erste, der das da unten beobachtet hat.«

»Bestimmt nicht. Aber von den Hotelbewohnern traut sich doch keiner, die Polizei zu verständigen. Niemand will Krach mit den Behörden. Schmuck weiß das.«

»Schmuck? Glaubst du, der hat was damit zu tun?«

»*Erde an Lena, Erde an Lena …!*« Ajoke wedelte heftig mit beiden Armen, wie ein Fluglotse. »Logisch hat Schmuck da seine Finger drin! Zoni und die anderen sind für den doch nur Handlanger.«

»Na gut, aber wenn die und Schmuck irgendwelche Verbrechen begehen, warum sollte dann jemand aus dem Hotel dafür verantwortlich gemacht werden?«

»Weiß nicht. Würde vermutlich gar niemand. Aber die Leute hier haben kein Vertrauen zur Polizei.«

Vor Lena flackerte das Bild auf, das sie seit gestern zu verdrängen versuchte: Ghulam, wie er aus der Frauentoilette gezerrt wurde, schreiend. Sein aus der Hose gerutschtes Hemd. Wie viele Bewohner des Hotels hatten von ihren Fenstern aus, versteckt hinter Gardinen, den Abtransport des Pakistani verfolgt?

»Sie haben einfach Angst. Angst vor einer möglichen Abschiebung«, sagte Ajoke. »Und die sitzt tief. Jeder im Paradies ist davon wie gelähmt.« Sie erhob sich, trat an den Mauerausschnitt uns blickte hinaus.

Was sie gesagt hatte, passte zusammen. Die Angst der Asylbewerber war Schmucks Stärke und Kapital. Er konnte die Bewohner seines heruntergekommenen Hotels ausnutzen, er konnte sie bestehlen lassen, und er konnte sie beleidigen, weil sie sich kaum zu wehren wussten. Lena schüttelte den Kopf. Wie konnte der Mann bloß ein solch unglaubliches Schwein sein?

»Hey, die sind anscheinend fertig!«, flüsterte Ajoke. »Sie sind jetzt an Deck.«

Lena stellte sich neben sie, warf einen Blick nach unten und sah das Aufglimmen einer Zigarettenspitze. »Wenn die weg sind, sehen wir nach, was es auf dem alten Kahn da unten zu verstecken gibt«, entschied sie nach kurzem Überlegen. »Und wenn wir etwas finden …«

»… schwärzen wir Schmuck bei der Polizei an!« Ajoke nickte entschlossen. »Ich hab jedenfalls keine Angst davor, das zu tun.«

Für Juaila, die sich während der letzten Minuten fried-
lich ihrem Teddy gewidmet hatte, schien der Wortwechsel
die Aufforderung zu sein, wieder auf sich aufmerksam zu
machen. Als Ajoke und Lena sich umdrehten, begann sie
laut zu quengeln. Diesmal konnten Ajokes geflüsterte Versprechen sie nicht beruhigen.

»Was hat sie denn?«, zischte Lena.

»Sie will wissen, was es da unten zu sehen gibt, und auch
zum Fenster rausgucken.«

»Ausgerechnet jetzt? Vergiss es!«

Ajoke lehnte sich mit dem Rücken gegen das Treppen-
geländer und zuckte die Achseln. Wahrscheinlich war sie
es gewohnt, dass ihre Schwester immer im unpassendsten
Moment ihren Kopf durchzusetzen pflegte. Juailas Wimmern wurde lauter. Was für eine Nervensäge!

»Na gut, dann hebe ich sie eben kurz hoch.« Lena hatte
nicht vor, sich auf eine Erpressung um weitere Kilo Eis-
creme einzulassen. »Sag ihr, dass sie wenigstens die Klappe
halten soll.«

»Tu ich nicht«, gab Ajoke grinsend zurück. »Das wäre
für sie dasselbe wie eine Einladung zum Wettbewerb im
Ausdauerschreien.«

»Na dann ...« Lena umfasste Juailas Hüfte, um sie nach
oben in den Mauerausschnitt zu stemmen. Das Gemaule
verstummte sofort. Die Kleine war unerwartet schwer,
machte sich schwer, absichtlich, wie Kinder es eben konnten, wenn sie einen ärgern wollten. Und der bescheuerte

Teddy war im Weg, sie ließ ihn einfach nicht los! Mit einem verärgerten Keuchen wuchtete Lena das Mädchen nach oben und drückte es auf den Mauervorsprung. Kühler Wind schlug ihr entgegen, von einer plötzlichen Böe die sechs Stockwerke an der Außenwand des Silos hinaufgetrieben.

»So, und jetzt …«

Juaila zappelte, drehte sich zur Seite und schob sich zum Rand des Mauerausschnitts vor, um besser hinaussehen zu können. Ihr Körper blendete das Mondlicht aus, für einen Moment sah Lena nichts als Schwärze. Ihre rechte Hand rutschte von der schmalen Hüfte der Kleinen. Sie fasste nach, doch ihre Finger glitten ab und schlugen gegen kalten Beton.

»*Pass auf!*«, rief Ajoke erschreckt.

Die Warnung kam zu spät. Das Einzige, was Juaila von sich gab, war ein erstaunter kleiner Schrei, der von einem weiteren kalten Windstoß wie ein Echo in Lenas Gesicht gefegt wurde.

★

Die Zusammenstellung der Beute aus den Einbrüchen und Diebstählen der letzten Wochen war eine Routineangelegenheit. Sie musste erledigt werden, hatte Zoni gesagt, ob man Lust dazu hatte oder nicht. Florin, der diese Arbeit zum ersten Mal durchführte, war sie lästig. Es war, als schnüre man langweilige Pakete zu Weihnachten: In diesen

Karton ein paar Uhren und Taschenrechner plus ein wenig Computer-Software, in jene Stofftasche fünf schicke, teure Sonnenbrillen und als Bonus, eine kleine Aufmerksamkeit des Hauses sozusagen, ein paar Schachteln Zigaretten.

Er fühlte ein Lächeln über sein Gesicht huschen, als er daran dachte, dass das erst heute Vormittag von ihm geklaute Besteck schon nicht mehr dabei war. Der Bruder des kleinen Schwarzen war gerade damit unterwegs, um es am Bahnhof zu verscherbeln. Immerhin echtes Silber. Keine Ahnung, wer für so etwas Verwendung hatte, wer so etwas am Bahnhof heimlich kaufte, nachts … Doch darüber musste er sich keine Gedanken machen. Er hatte nur dafür zu sorgen, dass die Pakete für die Verkäufe der nächsten Wochen zusammengestellt wurden, und es kotzte ihn an.

»Gib mal 'nen Rekorder rüber«, forderte Knister.

»Musik?«

»Video.«

Er griff nach einem Videorekorder und fuhr erschreckt zusammen, als von draußen ein klatschendes Geräusch ertönte. Dann entspannte er sich wieder. Eine Welle, die gegen den Schiffsbauch geschlagen war, nichts weiter. Vermutlich hatte sie eine leere Flasche oder Getränkebüchse gegen das rostende Metall getrieben. Dennoch ärgerte er sich über sein Erschrecken – mehr noch darüber, dass sowohl Zoni als auch Knister es mit dem üblichen leisen Lachen quittierten.

Zoni …

Der stand mal wieder nur daneben, überwachte die Arbeit, dirigierte seine Handlanger zwischen den eng stehenden, verstaubten Regalen umher, hielt die starke Taschenlampe in den Händen, verbarg sich hinter einem Schleier aus Zigarettenqualm. So kam er ihm jetzt immer öfter vor: wie ein undeutlicher Schemen. Wie jemand, den man kannte, ohne ihn wirklich zu kennen, ein Mensch ohne Vergangenheit und ohne richtigen Namen. Er würde es nie wagen, Zoni zu seinem Leben auszufragen. Später vielleicht, wenn man sich besser kannte, mehr miteinander erlebt, mehr Gefahren gemeinsam durchgestanden hatte. Aber nicht jetzt, noch lange nicht. Zoni war zu mächtig. Irgendwie war Zoni ein bisschen wie Gott.

Ein neuer, beunruhigender Gedanke formte sich in seinem Kopf: Was war, wenn Zoni ihn nach dem Dietrich fragte? Er hatte das blöde Teil verloren, vermutlich im Zimmer von Lena und ihrer Mutter, jedenfalls nicht im Flur, den hatte er heimlich abgesucht. Nicht, dass ihm wegen dieses Dinges jemand auf die Schliche kommen könnte. Aber falls Zoni sein Einbruchswerkzeug zurückverlangte, was würde er ihm antworten? Wie würde ein Gott auf eine solche Nachlässigkeit reagieren?

»Okay, Rotkopf«, riss Zoni ihn aus seinen Gedanken. »Und jetzt raus mit dem Zeug und dann rüber damit, in Schmucks Büro.«

Rotkopf, hm? Dieser Arsch!

Florin schnappte sich einen der Kartons, stieg über die

knarzende Leiter nach oben und trat aus der geöffneten Luke in die frische, noch immer nach Regen riechende Luft. Er blieb stehen, wartete darauf, dass Knister und Zoni ihm folgten, und atmete tief durch. Das Hotel war dunkel. Wenn er sich umdrehte, sah er die glitzernde Silhouette der Stadt, millionenfache Lichter. Er stand nur ein wenig erhöht auf dem Deck der *Krokus*, doch von hier oben aus betrachtet erschien die Welt ein wenig kleiner, entfernter, sie lag unter ihm. Sie vermochte ihm keine Angst einzujagen. Hier oben gab es keine Rattenfresser, hier gab es nur das schwindelerregende Gefühl, Verbotenes zu tun und bereits getan zu haben, ein Gefühl der Leichtigkeit und Freiheit. Mama würde das nicht verstehen. Sie würde nicht verstehen, wie es sich tief im Inneren anfühlte, mit zitternden Händen – nein, mit zitterndem *Körper* – ein fremdes Zimmer zu durchwühlen und dort fündig zu werden. Ein kühles, schimmerndes Besteck in den Händen zu halten, echtes Silber. Und es mitzunehmen.

»Knister?«, flüsterte Zoni.

Drei volle Stofftaschen wurden über den Rand der Luke gewuchtet, dann schob sich Knisters hagerer Oberkörper aus dem Schiffsbauch hinaus in die Nacht. »Komm ja schon.«

Und es war nicht einfach ein Mitnehmen, ein Stehlen. Es war ein Tausch, und es war Genugtuung. Das machte die Sache so aufregend. Lenas Mutter mit ihrem roten Kostüm, so aufgedonnert, so arrogant – die war eine von denen, die ihn Rattenfresser nannten, wenn sie ihn auf der Straße sahen. Was *ihm* damit genommen wurde, war mehr, als der Verlust eines popeligen Silberbestecks jemals aufwiegen konnte. Dafür sollten sie bezahlen. Ja, sie alle sollten bezahlen. Er war im Recht, und er würde …

Aus dem Augenwinkel registrierte er eine Bewegung. Nicht auf dem Schiff, nicht über den Dächern der Stadt, sondern nahe dem Hotel, hoch oben. Ein kurzer, spitzer Schrei ertönte. Florin riss den Kopf herum, im selben Moment wie Knister und Zoni.

Da stürzte jemand aus einem der Fenster!

Etwas Schwarzes fiel an der vom Mond beleuchteten Außenwand des Hotels entlang nach unten, überschlug sich mehrfach in der Luft und landete hinter ein paar Büschen im Gras – falls dort Gras war und nicht Kies oder Beton, auf denen Knochen zerbrachen wie Streichhölzer. Zweige knackten, dann war die Nacht wieder still. Viel zu still.

»Habt ihr das gesehen?«, krächzte Florin.

»Nein«, sagte Zoni.

»Aber –«

»Wir haben nichts gesehen, ist das klar?« Die Stimme war hart, ein Zischen, das aus dem Eisfach eines Kühlschranks zu kommen schien. »Wir können es uns nicht leisten, etwas gesehen zu haben! Verstanden, Rotkopf?«

»Ich –«

»Wir haben nichts gesehen!«

Florins Knie wurden weich. Ein bitterer Geschmack

schoss in seinen Mund, er fürchtete, sich übergeben zu müssen. Wer auch immer dort abgestürzt war – *wenn* er abgestürzt war und sich nicht absichtlich das Leben genommen hatte –, war vielleicht nicht tot, sondern nur verletzt. Schwer verletzt. Dann benötigte er ärztliche Hilfe, wenigstens eine Krankenschwester, jemanden wie seine Mutter, und das so schnell wie möglich.

»Zoni«, flehte er, »wir müssen wenigstens nachsehen! Falls er noch lebt, können wir doch –«

Zonis Arm schoss vor. Eine kräftige Hand erwischte Florin unter dem Kragen seines T-Shirts. Plötzlich sah er in Augen, aus denen haltlose Wut ihm entgegenschlug wie Flammen, die sich aus dem Inneren eines brennenden Hauses nach außen fraßen. »Halt die Klappe! Nimm deinen Karton und *halt die Klappe*! Sonst bring ich dich um, das schwöre ich dir!«

Zoni ließ ihn los und wich einen Schritt zurück, das Kinn herausfordernd nach vorn gestreckt. Florin sah Hilfe suchend von ihm zu Knister. Der wandte den Blick ab. Schämte sich, weil er nicht wagte, Gott zu widersprechen.

Er atmete tief durch. Er fasste den Karton etwas fester, ging zur Klappleiter und stieg über die metallenen Stufen nach unten auf den Holzsteg. Er spürte das Zittern seiner Beine und hatte plötzlich das dringende Bedürfnis, eine Toilette aufzusuchen.

Sonst bring ich dich um, hallte es in seinem Kopf. *Sonst bring ich dich um …!*

Während er darauf wartete, dass Knister ihm folgte und Zoni die Leiter nach oben klappte, fiel Florin eine Unterhaltung ein, die er vor langer, vor sehr langer Zeit mit seiner Mutter geführt hatte. Damals hatte er von ihr wissen wollen, warum sie Rumänien verlassen hatte, ihre Heimat, das Land, in dem sie geboren und aufgewachsen war, in dem ihre Eltern und Freunde lebten.

»Weil dieses Land nicht mehr mein Land war, seit ein Diktator es regierte«, hatte seine Mutter erklärt. »Weil kein Mensch sich anmaßen darf, einen anderen Menschen in Angst und Schrecken zu versetzen, indem er ihm mit Verfolgung, Folter oder Mord droht, wenn der ihm nicht zu Willen ist ... Weil ich keinem Ungeheuer dienen wollte, Florin.«

★

»Ich komme mir so bescheuert vor«, flüsterte Ajoke. »Mit einem Teddybären auf ein Schiff zu klettern, um es zu durchsuchen!«

»Willst du ihn erst zurückbringen?«, fragte Lena.

»Und riskieren, dass Juaila wieder wach wird?« Ajoke schüttelte energisch den Kopf. »Ich bin froh, dass sie in ihrem Bett liegt.« Sie ließ das Kuscheltier achtlos in das regennasse Gras fallen. »Was soll's, ich nehme ihn später mit.«

Der Teddy blieb an derselben Stelle liegen, wo er vorhin, nach seinem Sturz aus dem sechsten Stock, gelandet war. Dieses blöde Vieh! Sie hatte Juaila den Mund zuge-

ist genervt von Juaila und ihrem Teddy

halten, oben hinter der Maueröffnung, aus Angst davor, ihre Schwester würde über den Verlust des Kuscheltiers in lautstarkes Geschrei ausbrechen und damit das ganze Hotel in Aufruhr versetzen.

Das Problem war gewesen, dass sie selbst schon geschrien *vie bt* hatte in der Annahme, Juaila sei aus dem Fenster gestürzt. *Ihre* *⊕fam.* Also waren sie, Juaila und Lena geflüchtet. Anders konnte man es nicht nennen. In blinder Panik waren sie den Treppenaufgang hinaufgehetzt, angetrieben von der Angst, die Jungen auf der *Krokus* seien vielleicht Zeuge von Abflug und Landung des Teddys geworden, hätten Ajokes Schrei gehört und sich jetzt auf dem Weg gemacht, die Ursache dieser Störung zu erkunden.

Ajoke kannte den Ort, an den Zoni die Illegalen bei einer Razzia brachte. Über eine Stunde hatten sie dort gewartet, unterm Dach, bevor sie es gewagt hatten, den engen, stickigen und übel riechenden Verschlag wieder zu verlassen. Selbst dann noch hatte ihr Herz so heftig geschlagen, dass sie befürchtet hatte, spätestens jetzt würde jeder einzelne Bewohner des Hotels davon wie von lauten Gongschlägen geweckt werden. *ängstlich*

Wenigstens war, Wunder über Wunder, Juaila dort oben eingeschlafen. Morgen würde sie den Vorfall vergessen haben oder glauben, ihn geträumt zu haben. Vorausgesetzt, *macht* der Teddy, dieses dusselige Pelztier, war bis dahin wieder an *sich* Ort und Stelle. Vorausgesetzt, ihre Eltern oder Geschwister *leicht* wurden nicht wach, wenn sie selbst sich nachher wieder *sorgen* ins Zimmer schlich. Es war schwer genug gewesen, Juaila unbemerkt vom Rest der schlafenden Familie zurück in ihr Bett zu verfrachten.

»Gehen wir«, flüsterte sie Lena zu.

Sie huschten zum Pier hinunter, dann schlichen sie leise über den Holzsteg. Warum machte die Nacht auch noch das kleinste Geräusch so unglaublich laut? Ajoke hatte den Eindruck, dass die Dielen unter ihren Füßen knirschten wie bei einem Sturm von mittlerer Orkanstärke.

»Ist komisch, oder?«, sagte Lena neben ihr. »Wer weiß, ob uns jetzt nicht auch jemand beobachtet. Falls Zoni sich irgendwo versteckt hält …«

»… kriegen wir das früh genug mit«, erwiderte Ajoke mit gezwungener Sorglosigkeit. Aus ihren Worten sprach mehr Mut, als sie in Wirklichkeit empfand. Verstohlen ließ sie den Blick an der stählernen Wand der *Krokus* emporgleiten. War Lenas Sorge begründet? Hielt vielleicht einer der Jungen dort oben Wache?

»Wir müssen das Ding da runterklappen.« Lena zeigte nach oben. Über ihren Köpfen hing, waagrecht zum Rumpf der *Krokus*, die Klappleiter, über die man an Bord des Schiffes gelangte. Wie sich gleich darauf herausstellte, war die Leiter zu hoch angebracht – obwohl Lena sich auf die Zehenspitzen stellte, gelang es ihr nicht, deren Ende zu erreichen.

»Mist!«, flüsterte sie. »Du musst auf meinen Rücken klettern, Ajoke.«

»Dann bück dich.«

Auf Lenas schmalen Schultern die Balance zu halten war schwierig, die ganze Sache eine ausgesprochen wackelige Angelegenheit. Für einen erschreckten Moment, als Lena unter der ungewohnten Last zur Seite torkelte und gefährlich nahe an den Rand des Holzstegs geriet, sah Ajoke sich selbst und ihre Freundin zwischen Steg und Schiff in das dunkle Wasser stürzen.

»Hey, vorsichtig!« Sie kicherte unfreiwillig. »Wer soll sonst Juaila ihren Teddy wiederbringen?« *lustig /sarkastisch*

»Du hast gut reden!«, schnaufte Lena.

Im nächsten Anlauf gelang es ihr, sich direkt unter die Klappleiter zu stellen und dort ruhig stehen zu bleiben. Ajoke griff zu. Zehn Sekunden später war die Leiter geräuschlos heruntergeklappt und sie befanden sich auf dem Deck der *Krokus*.

Aller möglicher alte Krempel und Unrat, vom Holzsteg aus an Bord geworfen, bedeckte den Boden. In der Mitte des Decks erhob sich ein quadratischer, mit Plastikplane abgedeckter Kasten. Nach links, zum Fluss hin, lag das Führerhaus des Schiffes, in dessen verschlierten Scheiben sich das Mondlicht fing.

»Da muss irgendwo die Luke sein«, flüsterte Ajoke. »Tagsüber sieht man sie von unserem Fenster aus.« Sie begann, mit kurzen, festen Schritten über Deck zu stapfen, bis unter ihren Füßen ein dröhnender, erschreckend lauter Widerhall erklang.

»Pssst!«, zischte Lena.

»Ja, ja …« Ajoke hatte sich bereits gebückt und ließ die Finger suchend über die Lukenklappe huschen. Sie ertastete einen hebelartigen Griff aus Metall. Ein fester Zug genügte, und die Luke schwang ebenso leise auf, wie sich zuvor die Klappleiter auf den Steg herabgesenkt hatte.

»Na bitte!«

Eine Treppe führte hinunter ins Dunkle. Ajoke griff in die Hosentasche, holte eine kleine Taschenlampe daraus hervor und knipste sie an, bevor sie entschlossen die ersten Stufen nach unten nahm.

»Woher hast du die?«, fragte Lena hinter ihr.

»Von Igor.«

»Igor? Wofür braucht denn der eine Taschenlampe?«

sarkastisch »Weiß ich doch nicht!«, zischte Ajoke. »Kannst ja ins Hotel gehen, ihn wecken und fragen.«

»Hey! Warum bist du so gereizt?«

ängstlich *Weil ich Angst habe,* dachte Ajoke. Es war ja weiß Gott nicht so, dass sie jede Nacht in den Bäuchen irgendwelcher alter Schiffe herumstöberte, um dort … was eigentlich zu suchen oder zu finden? Der Schein der Taschenlampe geis- _aufmerk-sam_ terte über den Boden aus verwitterten Holzdielen, über zwei Türen aus feuerfestem Metall, die links und rechts in die Wände eingelassen waren, über einen alten Eimer, einen Schlauch.

»Welche Tür?«, fragte Lena.

Ajoke drehte sich zu ihr um. »Ich weiß nicht. Lass uns beide ausprobieren.«

Beide Türen waren verschlossen. »Scheiße, das hätten wir uns eigentlich denken können!« Ajoke stampfte entnervt mit einem Fuß auf. »Gehen wir. So ein Blödsinn, hierherzukommen ohne –«

»Ohne so was?«

In Lenas Hand war ein blitzendes Stück Metall aufgetaucht. Es war kaum dicker und länger als ein großer Nagel, nur war das eine Ende gebogen und flach gehämmert. Es hatte entfernte Ähnlichkeit mit einem Schlüssel.

»Was ist das? Und wo hast du das her?« neugierig

»Ich weiß nicht, wie man die Dinger nennt. Aber man benutzt sie, um Schlösser aufzukriegen. Gefunden hab ich es in unserem Zimmer. Wer auch immer da eingebrochen ist, hat es dort verloren.« Wie um eine ungestellte Frage zu beantworten, fügte sie hinzu: »Nein, meiner Mutter hab ich es natürlich nicht gezeigt!«

»Kannst du damit umgehen?«, fragte Ajoke skeptisch.

Lena konnte. Es dauerte eine Weile, und es ging nicht ohne ein paar kräftige Flüche vonstatten, doch nach fünf Minuten des Herumstocherns im Schloss der linken Tür ertönte ein befriedigendes Klacken.

»Sesam, öffne dich!«, flüsterte Lena grinsend.

»Was ist ein Sesam?« neugierig

Lena drückte die Klinke herunter. »Irgendwas aus einem Märchen, ich hab's vergessen. Ansonsten ist Sesam gelbes Körnerzeug, das man sich aufs Brot streuselt. Komm jetzt.«

Die Tür schwang nach innen auf, lautlos. *Gut geölt,* dachte Ajoke. *Wie die Leiter und der Lukendeckel. Damit draußen niemand etwas hört.* nachdenklich + aufmerksam

Sie hatte befürchtet, dass sie womöglich die falsche Tür gewählt hatten und die ganze komplizierte Einbrecherei wiederholen mussten. Dem war nicht so. Der nun offen vor ihnen liegende Raum, beinahe so groß wie das Zimmer, das sie mit ihrer Familie im Hotel bewohnte, erwies sich als eine einzige Fundgrube. Der Lichtkegel der Taschenlampe wanderte über fast zum Bersten vollgepackte Regale. Hauptsächlich elektronische Geräte, vom Kassettenrekorder über ganze Musikanlagen bis hin zu tragbaren Computern; Kisten und Kästchen, die glänzenden Schmuck enthielten; stangenweise Zigaretten unterschiedlicher Marken. Kein Silberbesteck.

Lena pfiff leise durch die Zähne. »Ist beinahe wie im Supermarkt, oder?«

»Aber das hier gibt es in keinem Supermarkt.« Eine offene kleine Stahlkassette hatte Ajokes Aufmerksamkeit erregt. Sie griff hinein und hielt Lena die zum Vorschein kommenden bunten Heftchen entgegen. »Das sind Pässe!«

»Gib mal her!« In rascher Folge klappte Lena die Ausweise auf. »Serbien, Nigeria, Afghanistan – Äthiopien …! Halt mal die Lampe richtig drauf!«

Die Fotos in den letzten beiden Pässen zeigten die Gesichter Efrems und seines Bruders. Er hieß Asrat. Lena wendete die Heftchen hin und her, als sei darin ein Geheimnis verborgen. »Was nutzen die Dinger Zoni ... und was nutzen sie Schmuck?«

»Sie gehören den Illegalen«, murmelte Ajoke. »Mann, Schmuck ist vielleicht ein Schwein!« mag Schmuck nicht

»Warum?«

»Na, weil er die Illegalen für sich arbeiten lässt. Das weiß jeder im Hotel. Aber keiner weiß, dass sie für ihn arbeiten, weil er sie in der Hand hat. Ich schätze, ohne Pässe können die nicht mal abhauen, oder?« Sie seufzte, als keine Antwort kam, und wünschte sich, sich mit diesem Kram besser auszukennen. »Jedenfalls«, fuhr sie fort, »können wir Schmuck und seine Bande nicht anzeigen, so viel ist klar.«

»Warum nicht?«

Ajoke befahl sich, geduldig zu bleiben. Wie oft musste mag Lena, ist aber genervt von ihrer Begrifflichkeit sie Lena immer wieder denselben Sachverhalt erklären? »Weil die Leute, denen die Pässe gehören, illegal hier sind. was die ganze Sache angeht Mit oder ohne Pass, die haben kein Recht, sich in Deutschland aufzuhalten. Wenn wir die Polizei verständigen, werden sie abgeschoben.«

»Wie Ghulam?«

»Genau. Es sei denn, sie beantragen Asyl.«

»Hmm ...« Lena musterte noch einmal die Fotos von Efrem und Asrat. »Sag mal, gibt es in Äthiopien politische Verfolgung oder so was?«

»Keine Ahnung.«

Weiß nicht genau warum sie damals geflohen sind

187

Für eine Weile kaute Lena nachdenklich auf ihrer Unterlippe. »Also gut, dann erwähnen wir die Pässe eben gar nicht«, schlug sie schließlich vor. »Wir erzählen nur, dass in der *Krokus* geklautes Zeug aufbewahrt wird. Die Polizei kann das Schiff beobachten, bis Zoni und die anderen irgendwann wieder an Bord gehen. Dann nehmen sie den ganzen Haufen hoch. Und ich wette, Zoni wird Schmuck verpfeifen, um seine eigene Haut zu retten.«

Ajoke schüttelte den Kopf. »Als Erstes wird er die Illegalen verraten«, schnaubte sie. »So einfach, wie du dir das vorstellst, ist das nicht.«

[handschriftliche Notiz am Rand: macht sich sorgen um die illegalen]

»Aber Schmuck wäre doch mehr als bescheuert, wenn er der Polizei erzählen würde, dass ihm Pässe geklaut wurden, die er selber geklaut hat, oder? Oder dass er ganz bewusst illegale Einwanderer versteckt gehalten und an denen auch noch einen Haufen Geld verdient hat.« Lena grinste. »Ich sag dir was: Wir nehmen sie einfach mit! Dann kann Schmuck viel erzählen. Und die Illegalen können sich ja vorsichtshalber für eine Weile irgendwo verstecken.«

Obwohl die Vorstellung, Schmuck für seine fiesen Machenschaften die Polizei auf den Hals zu hetzen, ihr keine Probleme bereitete, fühlte Ajoke sich unwohl. Sie atmete tief ein und versuchte, dieses Gefühl von sich abzuschütteln. Was Lena sagte, klang völlig plausibel. Und vermutlich entsprang ihr Unbehagen nur der Angst, die sie vor beinahe zwei Stunden im Treppenhaus verspürt und Lena beschrie-

[handschriftliche Notiz am Rand: hat Angst + macht sich Sorgen]

ben hatte: der fast instinktiven Angst aller Flüchtlinge im Paradies vor der Polizei und dem Staatsapparat.

»Und wo sollen die Illegalen sich verstecken?«, war ihr letzter Einwand. »Die kennen doch niemanden, dem sie vertrauen könnten!«

»Aber ich«, sagte Lena langsam. »Erinnerst du dich an den Mann, der vor ein paar Tagen hier war und mich besucht hat, bevor die Polizei Ghulam abgeholt hat?«

Ajoke hatte den Mann nur kurz gesehen, doch etwas an ihm war ihr sofort aufgefallen und in Erinnerung geblieben. »Der mit den Sternchenaugen«, sagte sie.

»Genau der«, bestätigte Lena. Im Widerschein des Lichts glich ihr Gesicht einer geisterhaft weißen Maske. »Ich brauche nur ein Telefon. Alles andere wird dann laufen wie von selbst.«

»Bist du sicher?«, fragte Ajoke zweifelnd. hat Zweifel

»Nein.« Lena nahm eine goldene Armbanduhr aus einem der Kartons und ließ sie über ihr Handgelenk gleiten. »Die ist hübsch, oder?«

Ajoke verdrehte die Augen.

10. Kapitel

Der Raum war kaum größer als eines der Winzlöcher im Hotel. Ein Tisch, zwei Stühle. Graue Wände, keine Poster. Nur dieser Spiegel, durch den sie ihn garantiert beglotzten von nebenan. Halbdurchlässiges Glas, oder wie man das nannte. Oder war da vielleicht gar keiner? Wurden nur die echt schweren Typen beobachtet, während man sie verhörte, Killer und so was?

Zoni setzte sich auf dem Stuhl zurecht. Drückte die Brust ein wenig raus, hob das Kinn, versuchte, Gleichgültigkeit aus seinen Augen sprechen zu lassen. Er musterte sein Spiegelbild und wünschte sich, seine Lederjacke angezogen zu haben. Aber dazu war die … Abreise … ein wenig zu überstürzt erfolgt.

Na ja, konnte trotzdem nicht schaden, sich selbstbewusst zu geben vor diesem Spiegel. Auf jeden Fall Haltung bewahren. Darum ging es doch beim Coolsein: selbst im Moment des Scheiterns noch eine gute zu Figur machen! Wobei *Scheitern* kaum das richtige Wort war. *Karriereknick*, das war es. Es würde lediglich etwas länger dauern, bis er irgendwann Boss wäre; die Welt würde ihm schon nicht davonlaufen. Und wozu auch immer sie ihn verdonnerten, wenn das hier vorbei war: Es konnte nicht halb so wild ausfallen wie das, was Schmuck zu erwarten hatte.

Zoni grinste seinem Spiegelbild zu. Er fand sich ein wenig zu blass. Das musste am Licht liegen.

Schmuck ... Das Fettauge hatte keine gute Figur abgegeben, als die Bullen ihn abholten. Hatte das Unschuldslamm markiert, den Schwanz eingezogen, wie ein Wilder mit seinen kurzen Armen rumgefuchtelt in seinem Arbeitszimmer, unter den Achseln gut sichtbare Schweißflecke. Schließlich hatte er gewimmert, richtig gewimmert, und gesabbert wie sein blöder Köter. Jammerlappen.

Okay, dass der Dicke wenigstens Florin nicht verraten hatte, war eine verdammt großmütige Geste. Diese Geste hatte ihm so sehr imponiert, dass er sie einfach wiederholt hatte. Florin war ein armes Licht, was sollten die Bullen schon mit ihm anfangen? Außerdem musste man es realistisch betrachten: Der Rotkopf war einfach nicht geschaffen für Einkaufsbummel und operative Eingriffe. Knister, okay, der war von anderem Format. Nur saß der jetzt selbst irgendwo hier in diesem Bullenpalast. Seit der Verhaftung hatten sie einander nicht gesehen. Aber Florin war fein raus. Dann also tschüs, Rotkopf!

Wieder grinste Zoni dem Spiegelbild zu. Er hätte den Kleinen natürlich auch verpfeifen können. Für einen kurzen Moment hatte die Macht über Florins Schicksal in seinen Händen gelegen. Er hätte ihn zerquetschen können, zerdrücken wie eine Fliege. Das war ein gutes Gefühl gewesen, o ja.

Wahrscheinlich war es das gleiche Gefühl, mit dem Schmuck das Hotel geleitet hatte. Die von dem Fettauge organisierten Diebstähle und Einbrüche, der Einsatz der illegalen Arbeitertruppen, das Abzocken der Asylanten, selbst der geplante Neubau des Hotels – all das musste verblasst sein gegen das Gefühl, sich wie Gott zu fühlen, der an einem einsamen Strand entlangwanderte, wo er menschliches Treibgut auffischte. Dem er dann ein Brandzeichen verpasst, seinen Stempel aufgedrückt oder einfach ein Schild um den Hals gehängt hatte, gut sichtbar auf Kilometer hinweg: *Eigentum von Schmuck*.

Das Grinsen auf dem Gesicht des Spiegelbildes erlosch. Eigentum von Schmuck, mehr war auch er selbst nicht gewesen. Denn wie Eigentum hatte Schmuck ihn verschachert, den Bullen ausgeliefert, alles auf ihn und Knister geschoben. Was nicht funktioniert hatte, wie auch? Auf allem möglichen geklauten Zeugs hatten Schmucks fette Finger schöne kleine Abdrücke hinterlassen. Genauso wie auf seiner Pistole, für die er keinen Waffenschein besaß. Dieser Trottel.

Und wer war Zoni, dass er sich der Gerechtigkeit in den Weg stellte? Wie du mir, so ich dir. Auspacken würde er, alles, was er wusste. Genau wie Knister, da war er ganz sicher. Pech für den Dicken. Anstiftung zum Diebstahl, Hehlerei, illegaler Waffenbesitz, Menschenraub oder wie das hieß.

Nicht zu vergessen die Unterschlagung diverser Essenspakete: Schmuck war am Ende, geliefert. Für den würde es ewig düster bleiben, während für ihn, Zoni, irgendwann wieder die Sonne aufgehen würde. Nur wann genau das sein würde …

Die Tür schwang auf, und ein Polizist betrat den Raum. Bulle in Zivil, Jeans und kariertes Hemd. Trug eine Mappe unter dem Arm, die er nachlässig auf dem Tisch ablegte, bevor er Zoni gegenüber Platz nahm und so den Blick auf das Spiegelbild versperrte. Irgendwie war das beunruhigend, sich plötzlich nicht mehr sehen zu können.

»So, junger Mann. Dann werden wir uns jetzt mal unterhalten.«

»Kein Problem.« Zoni widerstand der Versuchung, die Beine hochzunehmen und auf den Tisch zu legen. Das machte sich vielleicht in Filmen gut, aber der Bulle würde das nicht zu schätzen wissen, ganz sicher nicht. Stattdessen beugte Zoni sich vor. »Wer hat uns verpfiffen?«

»Die Fragen stelle ich«, sagte der Beamte.

Nur dieser eine Satz, aber plötzlich hatte er das Gefühl, jemand habe ihn mit einer Nadel angepikst und lasse die Luft aus ihm heraus. Seine Selbstsicherheit schmolz wie Butter in der Sonne. Er spürte seine Schultern herabsacken und seinen Kopf sinken, so tief, dass er gerade noch in die grauen Augen des Polizisten sehen konnte.

Was war das?

Egal, auf jeden Fall freundlich bleiben, immer schön

freundlich bleiben. Besser, man hielt eine Weile still. Besser, man machte sich erst mal ein wenig klein. Davon abgesehen, fühlten sich seine Beine gerade etwas wackelig an.

Er versuchte, der Ursache für dieses Gefühl nachzuspüren, und kam zu dem Schluss, dass er lediglich die falsche Rolle im falschen Film erwischt hatte. Genau, das war es! Falscher Film, völlig uncool. Kein Grund zur Panik. Denn, Mann, irgendwann ging auch der schlechteste Film zu Ende! Er wollte nicht Zoni heißen, wenn er jetzt nicht wenigstens eine oscarreife Vorstellung lieferte. Und was seine wackeligen Beine anging: Wer bemerkte die schon?

»Können wir?«, fragte der Beamte geduldig.

»Jederzeit«, sagte Zoni.

Film ab …

★

Draußen schien die Sonne. *Vielleicht*, überlegte Ajoke, *ist das am Ende immer so. Vielleicht scheint dann immer die Sonne.*

Sie stand am Fenster. Seit vor fast einer halben Stunde das Taxi, in das Lena und ihre Mutter gestiegen waren, verschwunden war, hatte sie sich nicht von der Stelle gerührt. Sie hatte Angst davor, sich umzudrehen. Wenn sie das tat, würde das letzte Bild vor ihren Augen verschwinden, in dem Lena noch vorhanden gewesen war. Was wirklich dämlich war, schließlich war Lena nicht gestorben. Eigentlich hatte sich gar nichts geändert. Unten lagen der Pier und die rostenden Schiffe, spielende Kinder tobten vor dem

Eingang des Hotels herum und brachten mit ihrem Lärmen die Sommerluft zum Vibrieren. Es war ein Anblick, der sich in nichts von dem anderer Tage unterschied. Gut, das Paradies war unter provisorischer Leitung, bis ein Ersatz für Schmuck gefunden worden war. Rechtlich war das alles kompliziert, immerhin war Schmuck der Besitzer des Hotels, auch wenn er jetzt in Untersuchungshaft saß. Und in den Essenspaketen war plötzlich mehr drin als früher. Aber sonst ...

Efrem war mit seinem Bruder auf dem Weg nach Hause. Äthiopien. Als sie und Lena den beiden ihre Pässe überreicht hatten, war Asrat um ein Haar in Tränen ausgebrochen. Was nichts gegen die Show war, die Lenas Mutter abgezogen hatte, als plötzlich das kostbare Silberbesteck wieder aufgetaucht war. Friede, Freude, Eierkuchen! Hatte wirklich etwas für sich, wenn man jemandem wie Schmuck die Schuld für alles in die Schuhe schieben konnte.

Wider besseres Wissen suchte Ajoke mit den Augen den leeren blauen Himmel ab. Das Flugzeug, das Asrat und Efrem zurück nach Äthiopien brachte, musste schon vor Stunden gestartet sein. Sie wusste, dass sie Efrem nicht lange vermissen würde, auch wenn er ihr innerhalb weniger Tage richtig ans Herz gewachsen war. Dieser kleine Knirps, mit dem sie sich kaum hatte verständigen können, wenigstens nicht mit Worten ... Angesichts der von Wichert in die Wege geleiteten heutigen Heimreise war er so aufgeregt gewesen, dass er den ganzen frühen Morgen mit weit ausgebreiteten Armen unten über den Pier geschossen war wie ein winziges dunkles Flugzeug, wobei er, völlig gegen seine sonst so ruhige Art, mehr Krach gemacht hatte als eine ganze Flotte von Jumbojets beim Start oder bei der Landung.

Aber Lena ... das war eine ganz andere Sache. In den Tagen, die vergangen waren, seit Wichert die Illegalen versteckt hatte, seit Schmuck, Zoni und Knister von der Polizei abgeholt worden waren, seit irgendwelche Zeitungsleute durch das Paradies gegeistert waren und mal dieses, mal jenes Zimmer fotografiert hatten – in all diesen Tagen hatten sie und Lena jede freie Minute miteinander verbracht. Sie hatten viel geredet, hauptsächlich über ihre Eltern, hatten Petco und Igor besucht, gemeinsam Pfandflaschen gesammelt und ungefähr einen Zentner Eis pro Nase verputzt. Sie hatten gemeinsam gelacht, hatten sich gegenseitig die Länder beschrieben, in die sie einmal reisen wollten, und ... Ach, verdammt, sie waren einander einfach so nah gewesen und so vertraut, und jetzt war das alles vorbei. Lena war fort.

»Du musst nicht weinen.«

»Tu ich ja gar nicht.«

Es war zu spät, die verräterischen Tränen wegzuwischen, Mama stand hinter ihr, sie würde es bemerken. Und jetzt legte sie auch noch den Arm um sie, was die Sache nur noch schlimmer machte. Sie wünschte sich, ihre Mutter würde das lassen.

»Ihr seht euch doch wieder, oder?«

Ajoke nickte. Das war das heilige Versprechen gewesen, das Lena und sie sich zum Abschied gegeben hatten: einander wiederzusehen, so oft wie möglich. Lenas neue Wohnung lag nur wenige Kilometer vom Paradies entfernt, eine Busfahrt von einer halben Stunde, zweimal Umsteigen. Das war ein Klacks. Von Afrika aus gemessen war die Entfernung natürlich etwas größer.

»Ich möchte nicht nach Angola zurück«, flüsterte sie. »Ich hab dort keine Freunde mehr.«

Ihre Mutter verstärkte die Umarmung, und es war seltsam, jetzt wünschte Ajoke, diese Umarmung würde nie aufhören. Die weichen Hände, die über ihre Haare strichen, der Mund, der jetzt sanft ihren Nacken küsste …

»Noch sind wir hier. Und was die Zukunft bringt, kann niemand sagen.«

»Ich weiß. Es ist nur …« Die Tränen kamen wieder, und diesmal gab sie sich gar nicht erst Mühe, sie zu verbergen. »Weißt du noch, wie du gesagt hast, du wärst gerne ein Vogel?«

»Mhm.«

»Ich wäre auch gerne einer.« Sie warf einen letzten Blick nach draußen auf den Pier und in den Himmel, dann drehte sie sich um. »Mama, warum hat die Welt Grenzen? Warum können wir nicht hingehen oder bleiben, wo wir uns wohlfühlen?«

»Das kann ich dir nicht sagen, Ajoke.« Die Stimme ihrer

Mutter war voller Wärme. »Vielleicht, weil die Menschen verschieden sind. Die einen sind wie du oder auch ich, wie viele hier im Hotel. Sie möchten frei sein. Und dann sind da die anderen, von denen sie nicht gelassen werden, weil diese anderen Angst haben.«

»Angst vor was?«

»Vor der Freiheit.« Ihre Mutter drückte ihr einen Kuss auf die Stirn. »Na komm, wie wäre es, wenn du dich ein bisschen ablenkst?«

»Womit denn?«

»Ich hätte da noch ein bisschen Wäsche zu machen …«

»… und Salm ist nicht da, die faule Kuh.« Ajoke grinste. Wieder mal drangekriegt. »Okay, weiße oder bunte?«

»Bunt.«

»Weiß!«, tönte ihr Vater. Er stand in der Mitte des engen Zimmers, den schlafenden Abbebe auf dem Arm, in einer Hand ein mit Essensresten bekleckertes Hemd. Sein Gesicht war zu einer kläglichen Grimasse verzogen. »Weiß! Das hier war mein letztes sauberes Hemd! Ich frage mich, was ihr Frauen den ganzen Tag treibt.«

Ajoke nahm das Hemd entgegen, formte es zu einem losen Knäuel und warf es ihrem Vater an den Kopf. »Wir passen auf, das ist alles«, sagte sie. »Und weißt du was? Hör endlich auf mit deinem ewigen Gemecker!«

★

Erst war die Welt immer kleiner geworden, dann war sie unter den Wolken verschwunden. Es war das Aufregendste, was Efrem je gesehen hatte. Als das Flugzeug gestartet war, hatte ihn die Geschwindigkeit, mit der es vor dem Abheben über die Rollbahn gejagt war, in seinen Sitz zurückgepresst. Sein Magen hatte geflattert, sich aber schnell wieder beruhigt, nachdem von einer Stewardess Essen serviert worden war. Leckereien auf einem kleinen Plastiktablett, die er bis auf den letzten Krümel verputzt hatte.

Jetzt war er satt und zufrieden. Unter ihm lagen die Wolken, ein unendlicher weißer Teppich, Watteberge, die aussahen, als könne man sich in sie hineinfallen und von ihnen tragen lassen. Auf der silbernen Tragfläche des Flugzeuges, die er, wenn er das Gesicht ganz dicht an das Bullauge presste, von seinem Platz aus in ihrer ganzen Länge sehen konnte, spiegelte sich das Licht der Sonne. Asrat hatte gesagt, hier oben schiene die Sonne ewig. Was für eine seltsame Vorstellung.

Sein Bruder schlief auf dem Sitz neben ihm. Die letzten Tage waren anstrengend für Asrat gewesen, voller Unsicherheit und Angst. Die wenigsten Gründe dafür hatte Efrem verstanden. Um ihre Heimreise zu regeln, hatte Asrat viele Ämter besuchen und mit den verschiedensten Menschen sprechen müssen. Einer dieser Menschen war der Mann mit den Sternchenaugen gewesen.

Dass Ajoke und Lena ihre Pässe gefunden, dass sie den Hotelbesitzer sowie Knister und Zoni an die Polizei verraten hatten, war ebenso Grund zur Freude wie zur Sorge gewesen. Asrat hatte für Schmuck gearbeitet und gestohlene Ware verkauft. Die Angst davor, die Polizei könne dahinterkommen, hatte ihn über Tage begleitet.

Doch nichts war geschehen.

Sie waren frei.

Die hinter ihnen liegenden Wochen begannen für Efrem bereits zu verblassen. Doch wenn er die Augen schloss, konnte er die Gerüche wachrufen, die ihn durch diese Zeit begleitet hatten. Der einzige Geruch, an den er sich nicht mehr erinnern konnte, sosehr er es auch versuchte, war der des Parfüms, das die schöne Frau in dem glitzernden Kaufhaus ihm auf den Arm gesprüht hatte. Vielleicht war der Duft doch zu flüchtig gewesen.

Neben ihm schlief Asrat tief und fest, ungestört. Efrem sah noch einmal zum Fenster hinaus und stellte fest, dass es über den Wolken keine Vögel gab. Weit und breit war da gar nichts. Zufrieden kuschelte er sich in seinen Sitz, legte Asrat eine Hand auf den Arm und schloss die Augen.

★

Das Fenster war weit geöffnet, Sonnenlicht durchflutete das Zimmer. Florin musterte den Frühstückstisch. Was er sah, gefiel ihm. Besteck, Teller und Tassen, die ausnahmsweise zueinander passten. Brot, Butter, Wurst, Käse, Marmelade. Und Eier, die er extra eingekauft und selbst gekocht hatte.

Er hatte nie zuvor den Tisch gedeckt. Mama würde denken, er hätte Fieber.

In fünf Minuten würde sie hier sein, spätestens. Sie war immer pünktlich, wenn sie nach der Nachtschicht aus dem Krankenhaus kam. Er grinste. Verdammt überrascht würde sie sein, wenn sie den Frühstückstisch sah, das aufgeräumte und blitzblank geputzte Zimmer! Und noch überraschter, wenn er ihr eröffnen würde, sich ab nächsten Montag um eine Lehrstelle kümmern zu wollen.

Okay, den Zettel hatte er nicht wiedergefunden, den mit der Adresse des Schreinerbetriebes, bei dem er sich vor Wochen hätte melden sollen. War irgendwo untergegangen, das Papier, und den Namen des Betriebes hatte er vergessen. Er hatte eine Menge vergessen in letzter Zeit. Aber er war sicher, sich bald wieder daran erinnern zu können.

Er rückte die Vase mit dem kleinen Blumenstrauß zurecht, die er in der Mitte des Tisches platziert hatte, dann setzte er sich auf das Sofa und wartete. Die Rosen in der Vase waren echt, sie hatten ein Vermögen gekostet, sein letztes Geld. Dass er sie bezahlt hatte, erfüllte ihn mit Stolz, auch wenn das eigentlich die selbstverständlichste Sache der Welt sein sollte. In Zukunft würde er nicht mehr stehlen, so viel stand fest.

Es hatte ironischerweise schon festgestanden, bevor Schmuck, Zoni und Knister von der Polizei abgeholt worden waren. Der Schock angesichts der Kälte, mit der Zoni in jener Nacht reagiert hatte, als Florin dachte, jemand sei aus einem der Fenster des Hotels gestürzt, war heilsam gewesen. Auch wenn da gar niemand gewesen war. Er hatte später nachgesehen, heimlich. Der Gedanke daran, für den Rest seines Lebens jemandem wie Zoni ausgeliefert zu sein, einem Menschen, der nach Belieben über ihn verfügte, der ihm befahl, was er zu tun und zu lassen hatte, *der ihn beherrschte*, hatte ein Übriges getan. So wollte er nicht leben. Er würde aussteigen.

Das Problem war gewesen, dass er nicht gewusst hatte, wie er seinen Entschluss Zoni beibringen sollte, ohne dessen mörderischen Zorn auf sich zu ziehen. Und daher war, als Schmuck, Zoni und Knister abgeführt worden waren – vor wie viel Tagen, vor wie viel Millionen Jahren? –, seine Erleichterung so groß gewesen, dass er am liebsten in der Eingangshalle getanzt hätte.

Florin rutschte unruhig auf dem Sofa hin und her. Was dennoch geblieben war, war die Angst davor, jeden Moment ebenfalls festgenommen zu werden. Gut, wahrscheinlich war diese Angst, die ihn seit Tagen bis in seine Träume begleitete, inzwischen unbegründet. Falls die anderen ihn verpfiffen hätten, wäre die Polizei doch längst hier gewesen, oder?

Oder?

So viel war sicher: Sollten sie ihn doch noch abholen, würde Mama sich von dem Schock nicht erholen. Sie hatte verfolgt, wie Schmuck, Zoni und Knister abgeführt wurden, zutiefst befriedigt, dass sie in ihrer Ansicht bestätigt worden war, Unrecht mache sich nicht bezahlt. Sie wusste nicht, wie knapp ihr eigener Sohn dem gleichen Schicksal entgangen war. Allerdings hatte Florin den unbestimmten Verdacht, dass seine Mutter etwas vermutete, auch wenn sie ihn bisher nicht danach gefragt hatte, was er in den Tagen seines Zusammenseins mit Knister und Zoni angestellt hatte, wo er nachts gewesen war. Vielleicht würde sie das nachholen. Und dann war auch das sicher: Er würde ihr die Wahrheit sagen. Und sie würde maßlos enttäuscht von ihm sein.

Aber er musste mit ihr darüber reden. Über eine ganze Menge Dinge musste er mit ihr reden, weil er wusste, dass er nicht anders konnte, wenn die Träume aufhören sollten. Träume, aus denen er zitternd erwachte, mitten in der Nacht, mit dem Gefühl, dass ein Gewicht auf seiner Kehle lag, das ihn zu ersticken drohte.

Selbst darüber, dass man ihn Rattenfresser genannt hatte, würde er mit ihr reden.

Ja, genau das würde er tun.

Auf dem Gang vor der Tür erklangen müde Schritte. Florin bemerkte, dass seine Hände zitterten. Er konzentrierte sich auf die Blumenvase, auf die grünen, dornenlosen Stiele der Rosen, auf die roten, halb geöffneten Blütenblätter, und er hoffte, das Zittern würde aufhören, bevor die Tür sich öffnete.

★

Liebe Ajoke,

ich hab Dir ja versprochen, sofort zu schreiben. Also: Die neue Wohnung ist toll, und mein Zimmer riesig groß. Vielleicht sollte ich das nicht erwähnen, weil Ihr ja alle in diesem popelig kleinen Zimmer wohnen müsst. Aber ich freue mich einfach so! Hinterm Haus gibt es einen Garten mit Obstbäumen. Magst Du Äpfel?

Natürlich hätten wir die Wohnung nicht gekriegt, wenn Onkel Herbert nicht für uns bürgen würde. Er ist wirklich ganz nett, aber seine Frau ist echt bescheuert. Du wirst sie ja kennenlernen. Wahrscheinlich backt sie danach nie wieder im Leben Schokoladentorte. Haha!

Mama ist richtig zufrieden. Sie hat einen Job gefunden (ohne Onkel Herberts Hilfe) und beginnt nächste Woche zu arbeiten. Bis dahin wuselt sie bestimmt noch hundertmal durch das Haus. Viele Möbel haben wir ja noch nicht. Aber die paar, die wir haben, schleppt und schiebt sie ständig durch die Gegend.

Als ich ihr sagte, wie toll ich es fand, dass sie sich bei Dir und Deiner Familie entschuldigt hat wegen der Sache mit dem geklauten Besteck, wurde sie ganz verlegen und unsicher. Früher hätte sie sich Unsicherheit nie anmerken lassen, sie hätte sie hinter ihrem Gemotze versteckt. Ich glaube, der Aufenthalt im Paradies hat sie ganz schön verändert. Manchmal denke ich, wir könnten sogar richtige Freundinnen werden, sie und ich.

Sie hat angeboten, mir neue Turnschuhe zu kaufen. Brauch ich nicht, aber ich hab überlegt, trotzdem Ja zu sagen. Dann würde ich sie Dir geben. Was hältst Du davon?

Wichert war auch schon hier, direkt als wir ankamen. Ich finde ihn echt klasse, selbst Mama versteht sich jetzt richtig gut mit ihm. Er erzählt kaum etwas darüber, wie und wo er die Illegalen versteckt hat. Ich weiß nur, dass sie bei vielen von seinen Freunden untergeschlüpft sind. Was aus ihnen werden soll, weiß der Himmel. Ich finde das alles so kompliziert. Die Sache mit den Pässen zum Beispiel: Wichert sagt, es wäre kein großes Problem, wenn ein Asylbewerber seinen Pass verliert. Nur wüssten das zu wenige, und das hätte Schmuck ausgenutzt. Dieser Sack!

Jedenfalls weißt Du jetzt Bescheid. Und Wichert ist richtig mutig, findest Du nicht? Wenn jemand rauskriegt, was er getan hat, verliert er seine Arbeit, hundertprozentig. Er findet es übrigens genauso gut wie wir, dass Florin heil aus der Sache rausgekommen ist. Er sagt, Florin hätte eine Chance verdient.

Ajoke, ich freue mich wie verrückt drauf, Dich bald wiederzusehen! Grüße alle von mir, vor allem Deine Mutter. Und pass auf, dass Juaila keinen Eisbauch kriegt.

Freundin für immer

Lena

PS: Wer kümmert sich jetzt eigentlich um Schmucks Hund?

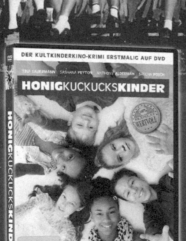

Dann eben Anders.

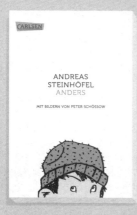

Andreas Steinhöfel
Anders
240 Seiten
Taschenbuch
ISBN 978-3-551-31566-3

Felix, das heißt der Glückliche! Um seinem Sohn zu dessen elften Geburtstag Glück zu wünschen, befestigt der Vater zwei Deko-Einsen an der Decke. Pech für Felix: Eine davon fällt ihm auf den Kopf. Er taumelt hinaus – und gerät seiner Mutter vors Auto. Als er nach 263 Tagen aus dem Koma erwacht, ist er – anders. Und will ab sofort auch so genannt werden. Als Anders hat Felix neue Eigenschaften. Doch keine Erinnerung, was vor seinem Unfall los war. Und es gibt einen Menschen, der alles dafür tun würde, dass das auch so bleibt …

www.carlsen.de

Bis ans Ende der Welt

Anne-Laure Bondoux
Die Zeit der Wunder
192 Seiten
Taschenbuch
ISBN 978-3-551-31285-3

Der siebenjährige Koumaïl ist ständig auf der Flucht vor den Schrecken des Kaukasus-Krieges. Sein einziger Lichtblick ist das Versprechen seiner Ziehmutter Gloria, ihn in seine eigentliche Heimat Frankreich zurückbringen. Der Weg dorthin ist lang und gefährlich. Doch dank seiner nie enden Hoffnung schafft Koumaïl es – nur Gloria ist plötzlich fort. Und mit ihr das Geheimnis seines Lebens, das er aufspüren muss ...

www.carlsen.de